首席駭客

6 何方神聖

銀河九天 著

Contents 目錄

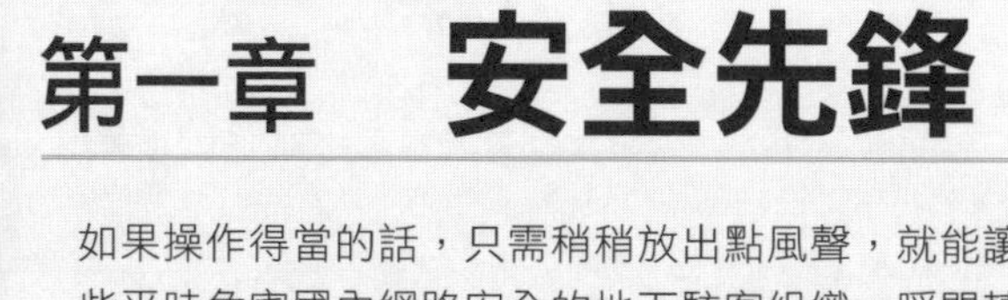

第一章　安全先鋒

如果操作得當的話，只需稍稍放出點風聲，就能讓那些平時危害國內網路安全的地下駭客組織，瞬間轉變為鐵血衛國的安全先鋒，甚至是中流砥柱。這樣的想法，這樣的魄力，估計也只是劉嘯才有。

劉嘯當天就和衛剛談妥了，軟盟每年支付給衛剛三百萬，然後衛剛必須第一時間向軟盟提供各種新病毒木馬的資料。至此，由劉嘯籌畫的三個項目全部開工上馬，策略級安全產品和線上反入侵追蹤系統都是由劉嘯來負責，大飛負責個人反間諜反入侵軟體的開發。

在這三個項目上，軟盟制定了極為嚴格的核心技術保密措施，防止核心技術外流，畢竟，軟盟今後能做出多大的成就，很大程度得看這三個項目的成敗。

劉嘯這幾天一邊加緊對ＯＴＥ程式的研究，一邊已經開始試著去設置一些簡單的規則組合，然後反覆測試。

這一天，劉嘯正在公司的實驗室裏試驗自己的規則組合，公司的接待美眉過來敲門，「劉總，有人找你！」

「什麼人？」劉嘯問，繼續在電腦上操作著。

「沒說，只說找你有重要的事商量，我安排他們在會議室裏等了！」接待美眉回答。

「好，我這就過去！」劉嘯站起來，暫停了自己的試驗，帶上實驗室的門，然後和接待美眉一起過去。

推開會議室的門，只見裏面坐了五個人，劉嘯看了一下，自己都不認識，不過還是笑呵呵地走了過去，「你們好，我就是軟盟的運營總監，劉嘯！」

幾個人站起來和劉嘯握手打招呼，為首的一人自我介紹道：「劉總你好，我們是電信的人，我是專門負責網路環境安全的，我叫葛雲生！」

「你們好！都請坐，坐下說！」劉嘯招呼幾人入座，心裏卻很納悶，電信的人找自己幹什麼，難不成是上次搞壞了他們的研討會，跑來找自己麻煩來了，「葛先生，你們這次來，是……」

「我們是有事特地來向劉總請教的！」葛雲生笑說。

劉嘯趕緊擺手，道：「請教可談不上。能幫得上忙的，咱們軟盟肯定盡力！」

「前幾天，我們曾在海城舉行過一次研討會，我們的人回來後對劉總的發言讚不絕口，我本人也非常欽佩。我這次來，就是想就網路殭屍的問題，專門請教一下劉總！」葛雲生看著劉嘯，「還請劉總不吝賜教！」

「客氣了！」劉嘯搖頭道，「上次我純屬胡說八道，最後還把好端端的研討會給搞砸了，這幾天我想了想，心裏很後悔，想給你們道個歉，可惜一直沒能抽出空來，沒想到你們反倒親自登門，真是讓我慚愧不已。你放心，我一定知無不言，言無不盡！」

「呵呵，咱們都是搞技術的，這些客氣話我看就免了吧！說正事！」葛雲生打開自己面前的一個文檔，瞥了一眼，然後掏出筆，道：「上次研討會上，劉總曾提出，要解決網路殭屍問題，應該是嚴厲地打擊那些殭屍操縱者，劉總能不能說得詳細一些，說說這個具體的操作流程吧！」

劉嘯笑了笑，看著葛雲生，道：「以電信的實力，要打擊那些殭屍操縱者，絕不是什麼難事，我不信這也需要諮詢我！」

葛雲生一怔，道：「劉總這是什麼意思？」

「得，咱們就開門見山吧！」劉嘯搖了搖頭，「我看你們今天來，不是要問我怎麼打擊那些殭屍操縱者，至少不是打擊那些經常活動的殭屍操縱者。」

劉嘯此話一出，電信的五個人就齊齊看了過來，一臉的驚訝。

葛雲生咳了兩聲，道：「看來劉總已經知道我們今天的來意了，呵呵，那我也就沒必要再這麼費勁地拋磚引玉了。劉總，實話說吧，咱們今天來，就是想聽聽你有什麼高見！」

劉嘯正了正面容，皺眉道：「其實我也是那天研討會之後，才知道這事的，否則我也不會說自己後悔了。但實事求是地講，華維的方案從表面上看，確實是個好辦法，但有些技術環節確實很難實現，再者，對於潛伏的殭屍木馬，目前還沒有很好的判斷方法，它不被啟動的時候，很難從通訊資料中發現異常。我們耗費大量財力打造這麼一個圍剿殭屍電腦的鐵桶陣，到最後很有可能會成為擺設。即便你現在要問我的意見，我還是不建議你們採用華維的方案。」

葛雲生笑著，「我們也是聽了劉總那天的發言，才覺得華維的方案確實存在一些問題。」

劉嘯點了點頭，「維護網路安全，我們都有責任，這幾天我也一直在思考這個問題，如果真能把程式轉化為流動的資料，那問題就迎刃而解了，我們只需讓這程式在網路裏隨意流動，就可以把所有潛伏的殭屍電腦全部清除掉了。」

葛雲生大笑，「劉總真是有趣，也難得你時時刻刻掛念著網路安全。不過呢，咱們還是回到現實中來，想點可行的辦法。」

劉嘯笑道，「我也沒想出什麼好的辦法，不過倒是有一個笨法子。」

「劉總請說！」葛雲生趕緊拿起自己的筆，準備記錄一下。

「不用記錄，可能我說出來後，你們還會覺得可笑呢！」劉嘯抿了抿嘴唇，道：「那天我和衛剛大哥吃飯，他的一句話提醒了我，他說『咱們這些做安全的，讓人神不知鬼不覺在自己地盤上養了這麼多殭屍，想想都覺得窩囊！』。」

葛雲生收起筆，抬頭看著劉嘯，「這確實是讓人很惱火！」

劉嘯繼續說道：「所以，我覺得咱們應該雙管齊下，一方面，運營商配合所有安全機構去主動打擊那些可以被檢測出來的殭屍操縱者，另一方面，我們可以發動其他的人去消滅這些被有心人控制的殭屍電腦。」

葛雲生有些迷糊，「劉總請詳細說一下，你這其他人指的是什麼人？」

「所有國內的駭客組織、駭客團體，甚至是地下駭客組織，乃至那些殭屍操縱者，這都是我們可以發動的對象！」劉嘯說。

電信的人都笑了起來，葛雲生直搖頭，「劉總真會說笑，正規的駭客組織和駭客團體或許還能聽我們的，但那些地下駭客組織怎麼會聽我們的！」

「未必！」劉嘯擺手，道：「我接觸過很多的地下駭客組織，他們都有很強的疆域觀念，自己的地盤絕容不得別人插手，甚至是探都不能探，他們中有很多組織最後被曝光，不是死在了安全人的手裏，而是死在他們同行的手裏，就是因為他們犯了這個忌諱！衛剛大哥說得沒錯，被人在我們的地盤培養了那麼多的殭屍電腦，這是我們安全人的恥辱，也是國內駭客界的恥辱，但這同樣也犯了那些地下駭客組織的忌諱，只要我們操作得當，完全可以把這些人都利用起來。」

葛雲生點了點頭，「劉總請繼續說！」

「國內的互聯網，其實就是我們的地盤，別人要伸手進來，只要是個人，肯定都不會答應，如果從這點出發，我們都是盟友，這事就有操作的可能。再者，最清楚殭屍種植操縱技術的，就是那些殭屍操縱者，我們安全人嘔心瀝血也不能把殭屍電腦消滅乾淨，這一方面說明駭客技術永無止境，另一方面也說明這些殭屍操作者手裏有我們還沒有掌握的技術！」

「他們熟悉我們的封殺技術，而我們卻不瞭解他們的技術，這就使得我們在明，他們在暗，由我們去消滅殭屍電腦，只能消滅掉那些明面上的殭屍電腦，背地裏的殭屍電腦卻依舊潛伏著。而這次我們要消滅的對象，卻是那些非明面的殭屍電腦，如果僅憑我們自己去努力，很可能只是捕風捉影，到最後什麼也找不著。」劉嘯搖著頭，看著葛雲生。

葛雲生皺眉沉思，劉嘯說的倒是非常有道理，但這事不好操作，利用國內的地下駭客組織來對抗境外勢力的入侵，弄好了的話，說不定還真能把那些背地裏的殭屍電腦給掃蕩掉；但弄不好的話，就會給國內互聯網安全帶來一場大災難。葛雲生作為運營商方面的人，不得不仔細權衡一下這其中的利弊。

過了半晌，葛雲生才道：「謝謝劉總，你的這個想法確實非常有新意，不過我們得好好考慮考慮！」

「我也就那麼隨便一說！」劉嘯說，「說的不對之處，你們還得多多指點！」

「劉總過於自謙了，說句實話，我對劉總是非常地欽佩。」葛雲生看著劉嘯，「最近圈內很多人都在談論你的那個『策略』與『規則』的闡釋，我剛聽聞這個闡釋時，也是眼前一亮，後來在心裏細細一琢磨，覺得你說得很對，我們的技術一直無法比肩世界領先水準，確實是因為我們是在模仿正宗，仿的就是仿的，絕不會成為正宗品牌！」

「一時狂言罷了！」劉嘯倒有點不好意思了，連連擺手。

「其實這次來軟盟之前，我心裏還有很多的懷疑，我覺得之前你很有可能是為了爭奪大家的視線，才會說出那樣的狂言，這些年，我見過很多年少輕狂的人。可現在聽完你在對付殭屍網路上的辦法，我是真心服了，劉總是個非常有想法有水準的人，敢於打破常規，行事不拘一格，這樣的理論，這樣的方法，除了劉總，國內再也不會有第二個想得出來。」

看表情就知道葛雲生不是在說謊，他是真心佩服劉嘯，因為劉嘯的方法雖然操作起來有難度，但並不是說不可行。如果操作得當的話，甚至電信只需稍稍放出點風聲，就能讓那些平時危害國內網路安全的地下駭客組織，瞬間轉變為鐵血衛國的安全先鋒，甚至是中流砥柱。這樣的想法，葛雲生捫心自問，自己是想也不敢想的，這樣的魄力，估計也只是劉嘯才有。

「呵呵！我這人可不經誇，一誇就不知道自己幾斤幾兩！」劉嘯笑著，「不管怎麼說，維護國內互聯網的安全，也是軟盟的責任，不管電信最後確定了什麼樣的方案，只要有什麼需要我們軟盟做的地方，儘管吩咐一聲就行，咱們肯定會竭盡全力！」

「一定會的！」葛雲生站起來伸手，「日後麻煩劉總的地方肯定很多，我這裏先代表電信謝謝你！」

「客氣了，客氣了！」劉嘯也趕緊伸手，「也沒幫上什麼忙！」

「劉總事務繁忙，那我們就不打擾了，回去後我會把劉總的方案反應上去，召開專門會議研討一下！一有消息，我會第一時間通知劉總！」葛雲生笑著收拾起自己的檔夾，「告辭了！」

看著電信的人慢慢走遠，劉嘯就皺著眉，自言自語道：「希望自己的這個主意不是餿主意！唉，要是自己的策略級產品能搞出來，那該多好啊！」

想到這，劉嘯就快步朝樓上走去，自己的這個產品一定要儘快搞出來，到時候別說是殭屍程式，就是殭屍奶奶來了，也照樣把它閹了鹹菜。

而且，劉嘯對於這個策略級的安全產品，在想法有了新的完善，ＯＴＥ給張氏做得那套系統，安全程式主要是負責防止外部的攻擊和入侵，在內部，因為ＯＴＥ劃分了很嚴格的許可權分級，再加上身分驗證系統，基本可以保證資訊不被外洩。

但軟盟現在要做的一個通用的安全產品，不可能所有的用戶都會為它再專門添加一套身分驗證設備，所以不管是運行在個人電腦上，還是運行在伺服器，甚至是運行企業網內，它都必須自成一套系統，要做到內外兼備。

就算是電腦被駭客攻破，那也要讓駭客什麼也得不到，這就是劉嘯現在的想法，除了防止外部的攻擊和入侵，他還要讓自己的策略級產品具有內部防護功能，負責偵別電腦內部的一切操作行為。

這個想法冒出來的時候，劉嘯才真正覺得自己的策略級產品並不是完全沒有實現的可能，只有內外兼備，才算是真正的策略級，比如說「請君入甕」，在無法識別外來的連結請求是否違法時，外部的防護策略可以故意放對方進來，此時內部防護策略啟動，負責對電腦資料進行嚴格干預，一旦對方進行了可疑的操作，就可斷定對方是惡意的入侵，隨即切斷連結。

「切斷連結？」劉嘯咬了咬嘴唇，還是不夠完美啊，放進來後再斷開連結，確實是有點多此一舉了，還不如就不讓他進來呢，唉，如果自己能有OTE的線上追蹤系統，那這個請君入甕之計，才算是功德圓滿吶！

劉嘯嘆了口氣，奔向實驗室去。

葛雲生三天後給劉嘯回了消息，電信和網監商議過了，覺得劉嘯的辦法可行，發動地下組織的事，將由電信暗中操作。

劉嘯想從軟盟裏抽出一部分人來協助電信，畢竟打擊這些有心人，也是軟盟的義務。公司例會的時候，劉嘯就把這個想法提了出來，可人事部的負責人把全公司的檔案翻了好幾遍，最後一個人也抽不出來。

「劉總，公司現在的業務實在是太忙了，別說現在抽不出人手，就是未來半年內，也未必能抽得出人手來，除了手頭上的業務，海城還有三十多家企業事業單位已經和我們簽了協議。」人事部的負責人很無奈，「依我看，招人是勢在必行了！」

大飛拍了拍桌子，「以前愁業務，現在業務多了，也他娘的愁人！」

其他人都笑了，大飛說話總是這麼直接，不過誰也沒想到會有這麼多企業同一時間來找軟盟，排隊都排到半年後了，就這樣，還有不少人上趕著往這隊伍裏擠呢。相反，華維在海城的業務是全線受挫，據說華維已經開始考慮退出海城的企業級市場。

「劉總，你要是實在不願意招人，那這次打擊殭屍網路的事，我看咱們軟盟就不要摻和了！」有人給劉嘯建議，「其實咱們只要做好自己的業務，客戶的網路安全了，被感染殭屍程式的電腦就會少很多，那就是為打擊殭屍電腦做出了貢獻，而且是實實在在的貢獻！」

大飛在一旁說，「我看也行，反正國內的安全機構不止咱一家，有咱們不多，沒咱們也不少。昨天晚上我跟圈裏的人閒扯，好像不少的駭客組織都準備要打擊殭屍網路了，這事有點邪門，我看沒弄清楚之前，咱們還是不要莽動！」

劉嘯苦笑，這次打擊的對象雖然也是殭屍網路，但卻完全不同以往，只是劉嘯現在不能對公司裏的其他人挑明，否則走漏了風聲，電信的暗中操作就會失敗，到時候非但不能消滅那些潛伏的殭屍網路，弄不好連電信自己都得搭到裏頭去。

公司裏的人聽大飛這麼一說，也是非常詫異，「駭客組織都摻和進來，這事必定有所蹊蹺，咱們還是看看再說吧！」

劉嘯擺了擺手，「話不能這麼說，打擊殭屍網路，維護互聯網安全，是每一個安全機構的責任，既然咱們幹的就是這一行，那這事咱們就不能推脫，就算別人不幹，咱們也得幹！」

「可咱們實在騰不出人手啊！」人事部負責人皺著眉。

「那就招人！」劉嘯嘆了口氣，「之前我不願意招人，是穩定軍心，怕咱們的老員工有什麼想法。現在看來，不招人是不行了。」

劉嘯又說：「我再補充一下，咱們這次招人，不光是技術要過硬，還必須有頭腦，會分析，我準備成立一個網情部！」

「網情部？」大飛看著劉嘯，「幹啥的？網路愛情部？」

「你小子就不能想點正經的？」劉嘯真是拿大飛沒辦法，這小子幹活沒得說，可其他方面就一點正經都沒有，「網情部是專門負責情報收集和分析的，為公司的業務和技術走向提供第一手的資料。」

其他人都看著劉嘯，不知道這網情部到底有啥作用。

「打個比方，就拿大飛剛才說的事來說吧，駭客組織突然像是事先商量好的一樣，齊齊要去打擊殭屍網路，這是為什麼，其中有什麼蹊蹺？」劉嘯環視了一下眾人，「咱們的網情部呢，就專門負責這方面的情報，不光是要盯緊這些明面上的東西，還要去主動地發現和找出網路中潛在的安全隱患，讓咱們的產品走在市場的前面！」

「有道理，有道理！」大飛點著頭，「是該有這麼一個部門，咱不能老那麼被動，遇到什麼事解決什麼事，咱們得主動出擊！」

「好，大家表決一下，如果沒有什麼異議的話，咱們的這個網情部就算成立了！」劉嘯率先舉手。

其他人稍微一思考，也覺得這事是好事，反正都是要招人，索性一齊招來得了，於是都舉了手。

「通過，那網情部暫時先由人事部來管，等人招來後，咱們再選出具體的負責人！」劉嘯笑著站了起來，「如果沒有別的什麼事，就散會吧！」

眾人正準備走，劉嘯又回過頭來，對人事部的負責人說：「你再想想辦法，今天務必給調幾個人出來，負責打擊殭屍網路的事，爭取今明兩天拿出個方案！」

「劉總，你就放過我吧！」人事部的負責人一臉難色，「真的抽不出人來，半個也抽不出來，排得滿滿的！」說著，他把自己的文件夾遞到劉嘯跟前，「你看，確實沒人！」

看樣子是真抽不出人了，劉嘯皺著眉一擺手：「算了，那你把招人的事抓緊！還有，找人把咱們的網站更新一下，連駭客組織都要打擊殭屍網路了，咱們作為安全機構要是不表個態，還不被人笑死！」

「對對對，咱們得吭一聲！」大飛自告奮勇，「這事我去辦，保證是慷慨激昂，義正言辭，和殭屍網路誓不兩立！」

「你等一下！」劉嘯趕緊攔住大飛，「你去發公告，只說殭屍電腦氾濫，嚴重威脅到了網路安全，其餘的話一律不准說！」

「呃？」大飛看著劉嘯，自己竟然會錯了意。

「打擊殭屍網路，是需要咱們切實去做的，而不是沽名釣譽的一紙空

文，明白嗎？」劉嘯看著大飛，「誓不兩立的話，等咱們抽出人來，實實在在做了再去說！」

大飛咬了咬牙，「明白了！我這就去弄！」

散會後，劉嘯就去實驗室繼續研究自己的策略去了。

兩個小時後，大飛敲開了實驗室的門，「事情有點不對啊！」

「什麼不對？」劉嘯放下手裏的活，奇怪地看著大飛。

「你讓我發的那公告，我發了！」大飛皺著眉，「可我發出去之後，咱們的網站就陸續開始遭到攻擊，截至現在，咱們的伺服器共受到十四次攻擊，攻擊源非常分散，而且攻擊手段也都不相同！」

「你是不是沒按照我的要求發公告啊！」劉嘯站了起來。

「不可能啊！」大飛把一張紙遞到劉嘯手裏，「我是完全按照你的要求做的，這是公告原文的列印件，你看一下！」

劉嘯接過來一看，大飛的公告還真簡潔：「據軟盟資料中心監測，近期殭屍病毒肆虐，感染大批網路用戶，給互聯網安全和個人資訊安全造成了極大的威脅。軟盟提醒網路用戶及時升級病毒庫，做好殺毒防毒工作！」

「軟盟的網站伺服器以前從沒遭到過如此密集的攻擊，咱們這兩天是不是得罪什麼人了？」大飛看著劉嘯，「我看這不像是那些殭屍操縱者幹的，咱們還沒和他們誓不兩立呢！」

「別慌，讓我想想！」劉嘯捏著下巴思考著，「要說得罪，咱們最近就是和華維幹了兩回！」

「你是說，這是華維幹的？」大飛問。

「現在還很難說！」劉嘯抬頭看著大飛，「對了，網站伺服器現在怎麼樣？對方的攻擊日誌還在吧？」

「伺服器現在關了，攻擊日誌我們的人正在分析！」大飛搖著頭，「對方的攻擊手段很厲害，要說咱們的伺服器安全性，那絕對是一流的，可竟然被對方好幾次差點得手，對手絕對不簡單！」

「誰幹的呢？為什麼呢？」劉嘯心裏就冒出兩個問號來，按說華維堂堂一個國際性大企業，就算業務受挫，還不至於幹出這等下作的事；要說是殭屍操縱者，似乎也說不通，軟盟都還沒對殭屍電腦動手呢！

「劉總，劉總！」軟盟的業務部負責人慌慌張張推開了實驗室的門，「不好了！」

「什麼不好了？」劉嘯直皺眉，這又是出了什麼事！

「咱們的電話都快被打爆了，剛才一連十多個電話，全是說咱們的產品被攻擊了！」業務部的負責人定了定神，道：「出問題的是咱們之前出的一款防火牆，今天似乎是突然遭到了病毒襲擊，導致防火牆規則混亂，很多採用這款產品的企業，網路時斷時續，業務已經陷入了半癱瘓狀態！」

「靠！」劉嘯忍不住罵了一聲，然後對大飛道：「大飛，你去把這款產品的詳細資料找到，還有那些參與過這款產品設計的主要負責人，你一起找來，一會兒在會議室集合，大家商議一下，看問題是出在哪裡！」

「好，我這就去！」大飛應了一聲，快步出了實驗室。

劉嘯又對業務部的負責人說道：「你去穩住那些客戶，讓他們先採用各自企業網的備用通信方案，暫時不要使用咱們的防火牆，告訴他們，我們會在二十四小時內提供技術支援！」

業務部的負責人也不敢耽擱，按照劉嘯說的趕緊去了！

就是個傻子，劉嘯也知道今天的這兩件事絕對有關聯，可他實在想不出到底是誰在朝軟盟下手，又是為什麼要朝軟盟下手。

來到會議室，大飛已經在和那幫技術員開始商量了。劉嘯看了看眾人，

「怎麼樣？找到咱們設計上的漏洞沒有？」

「哪有那麼快啊，從設計資料上找漏洞，根本就是大海撈針，要發現早就發現了！」大飛牙根咬得吱吱響，「我已經派人去最近的企業取回那些出了問題的產品，我們需要提取出病毒樣本，才能分析出漏洞所在！」

劉嘯到桌上拿起那款產品的資料，這是軟盟一年多前出的一款企業級硬體防火牆，大概銷出去三千多份的樣子，公司裏一直保留有這個產品的項目組，負責對產品進行後續的開發和升級。劉嘯翻了翻後面的那些技術參數，從表面上看，一點問題都看不出來！

「這絕對是衝著咱們來的！」大飛一副暴怒的樣子，「病毒我見多了，可這種專門對付防火牆的病毒還很少出現！狗日的，要是讓我找到那個對咱們下黑手的傢伙，我絕饒不了他！」

「我看這樣吧！」劉嘯想了想，道：「咱們分為兩組，一組從病毒入手，找到產品的漏洞，提出加固方案；另外一組試著拋開產品本身的漏洞，從其他方面先搞出一個方案，防止病毒感染更多的產品！」光生氣也不是辦法，問題既然出了，就得解決問題，

眾人紛紛點頭，當下就由劉嘯和大飛配合當時設計這款產品的一個骨

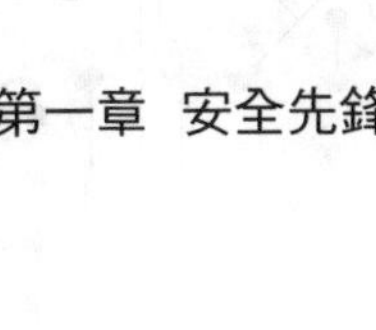

幹，三人負責從其他方面先搞出解決方案，其餘的人就都等著中毒的產品送來。

劉嘯不放心，又給衛剛打了個電話，請他幫自己留意一下這方面的病毒，只要捕獲到病毒樣本，一切就好辦了！

「劉總，咱們防火牆的程式都是做到晶片裏的，而且還採用獨特的加密讀寫方式進行保護，只有我們自己的管理程式才能進行防火牆規則的讀取和修改，一般的病毒根本不可能進入晶片。」設計防火牆設計的技術員分析道，「現在既然是防火牆規則混亂，那很有可能是我們的讀寫方式被人破解了，這樣病毒才會進入晶片，破壞防火牆規則。」

「你的意思是說，只要我們更換新的讀寫方式，就可以防止病毒感染晶片？」劉嘯立刻就反應了過來。

那人搖了搖頭，「我們所有的防火牆產品，在設計的時候就已經考慮到了被病毒感染的可能，都會預留兩種以上的解決方案，可唯獨現在中毒的這款產品，當時卻沒有預留解決方案，也就是說，它不支援讀寫方式的更改！」

「靠！」大飛當時就爆了，「媽的，是哪個王八蛋負責這個產品的，當時怎麼會通過公司的審核？」

那人尷尬地咳了兩聲，「這個產品是由藍副總負責的，他當時說這加密讀寫方式是老大親自設計的，不可能被人能破解，所以就沒有預留解決方案！」

「媽的！」大飛一拳砸在桌子上，很無奈啊，那幫人現在都進監獄了，上哪兒找他們去，有氣也撒不出啊。

所有的產品都沒出問題，只有這款產品沒有預留備用方案，偏偏就出了事，劉嘯在這一剎那，甚至冒出一個荒誕的念頭，要麼是老大越獄了，要麼就是老大還有同夥，隱藏得非常深，上次沒有被挖出來，現在來替老大報仇來了。

第二章　未卜先知

劉嘯現在絕對相信踏雪無痕的能力，他能請得動OTE，又能對所有的事未卜先知，可是劉嘯怎麼能相信如此空泛的一句話呢，「世上沒有不透風的牆」，這並不是一切的疑問的解答，劉嘯要的是明明白白的答案！

「現在追究這產品是誰做的已經沒有任何意義了！」劉嘯收起自己的胡思亂想，「沒有預留備用方案，並不是說就沒有解決方案了，咱們再想想別的辦法吧！」

三人坐在那裏，各自皺眉沉思，過了好久，劉嘯才突然想起一件事，急忙問道：「你說那晶片的加密讀寫方式是老大設計的？」

那人點點頭，「是啊，藍副總當時是這麼說的！」

劉嘯當下一喜，那吳非凡的加密方式千年不變，自己是再熟悉不過了，「老大的加密讀寫方式，我曾經研究過，如果晶片的保護真是老大設計的，那我就有辦法了！」

「你研究過？」大飛一愣。

「這事以後再說吧，現在來不及了！」劉嘯笑道，「如果老大在這款產品上採用的加密保護，和我所瞭解的那種加密方式是一樣的，那我就可以突破加密保護，把自己的東西寫進晶片！」

大飛一瞪眼，看著自己旁邊那人，「還愣著幹什麼，趕緊去準備啊！」

那人回過神，慌忙站起來，「我去把相關的設備都弄好，咱們試一下！」說完就跑了出去。

大飛看著劉嘯，「你對老大的那個加密方式有多大把握？」

「試試吧！」劉嘯聳肩，「現在也只能這麼辦了，如果真是我所熟悉的那種加密方式，那咱們就可以往晶片裏重新寫入程式，包括寫入備用解決方案。最不濟，咱們寫不進去，也不能讓那些攻擊者把病毒寫進去！」劉嘯說完站了起來，「我去找幾個工具，一會兒咱們就在這產品的項目組會和！」

十來分鐘後，劉嘯用隨身碟拷貝了自己的工具，來到項目組，這工具是他根據吳非凡的加密方法仿製的。大飛早已等在了這裏，看見劉嘯進來，便道：「所有的設備都調試好了，現在就可以開始！」

「好！」劉嘯點點頭，坐到電腦前，運行之後，他先試著往晶片上寫了一個檔，系統很快提示寫入成功。為求保險，劉嘯再連結到那防火牆去驗證了一下，果然看到了自己新添加的這個檔，看來吳非凡真的是太遜了，從出道到進局子，他的加密演算法都沒有突破過。

項目組的那人很興奮，道：「太好了，太好了，看來就是這個加密方法了！」

大飛此時真不知道說什麼了，瞪著項目組那人，「我說你們平時都是幹什麼吃的，這個項目組都保留了一年多了，你們連加密方法都不知道，那你

們平時的維護升級都做些什麼！」

「當時老大沒交出加密演算法，我們的維護升級，就是利用老大做的一個管理工具，來對防火牆規則進行一些後續的優化！」那人心裏覺得有點冤枉，以前老大是公司的一把手，他要是不給，自己還能過去強要不成嘛！

「算了，現在計較這些有什麼用！」劉嘯打斷了大飛的質問，看著項目組那人，「你把當時的設計檔拿出來，咱們趕緊弄出幾個備用方案，對剩下的產品進行升級，防止病毒繼續擴散！」

那人把設計檔拿出來，嘩嘩一陣翻，找到了固件升級那塊，一看，卻傻在了那裏。

「怎麼了？」劉嘯看那人的臉色有點不太對勁。

那人把設計檔往劉嘯面前一遞，很沮喪：「當時非但沒有預留備用的解決方案，也沒有預留程式升級的介面！」

「我靠！」大飛是再也忍不住了，爆跳如雷，「這麼大的問題，你到現在才發現，你信不信我……」

劉嘯站起來，按住大飛，「你想怎麼樣啊？這問題是出在老大，你要發火，去局子裏找他去！」

大飛一甩手，推開劉嘯，氣沖沖就往門外走去。

「你幹啥去？」劉嘯喝道，心想這小子不會真的要去監獄找老大理論去吧。

「我要去召集公司所有的項目組負責人開會，以前遺留的項目，全部重新審查！媽的，公司的制度都是擺設嗎？」大飛一瞪眼走了，不一會兒就聽見他在公司裏大呼小叫的聲音。

劉嘯搖搖頭，坐下來開始想辦法。

項目組那人看著劉嘯，「劉總，這事都怪我，我……」

「算了！」劉嘯一擺手，「以前老大的心思並不在軟盟的經營上，公司管理混亂，出現這樣的問題並不奇怪。不過，以後絕不能再出現這樣的問題，咱們是做程式的，要對得起自己的這份職業！」

「我知道了！」那人連連點頭，「我保證今後不會出現類似的問題！」

能往晶片裏寫東西，但無法對原有程式進行升級和擴充，劉嘯想了半天，也沒想出什麼別的辦法，最後嘆了口氣，道：

「看來只能用最笨的法子了，我們往晶片裏再寫個程式，讓這個程式隨防火牆啟動而啟動，然後禁止一切可以寫入防火牆晶片的操作！」

「這樣一來，那不是我們以後也不能對防火牆進行升級了？」那人很驚訝，「還有，防火牆的日誌也沒辦法生成了！」

「現在也只能這麼辦了！」劉嘯皺著眉，「這個產品基本可以斷定是個失敗品，在沒有查清楚攻擊者的身分之前，我們暫時先這麼辦，等找到攻擊者後，這個產品立刻作廢！」

「作廢？」那人急了，「作廢了，那我們的這些客戶怎麼辦啊？還有，這個產品的研發當時可花了不少錢，作廢了就太可惜了！」

「不作廢，難道還等著別人再攻擊一次嗎？」劉嘯心裏也是極度地鬱悶和窩火，「至於那些客戶，公司會派人過去和他們協調，免費給他們更換其他款的產品！」

說完，劉嘯就直接開幹，要是再說下去，估計自己也要忍不住發火了。程式並不難寫，半個小時劉嘯就寫好了，拿手頭的這台電腦試了一下，效果不錯，程式運行之後，什麼東西都寫不進防火牆的晶片了。

劉嘯站起來，對那人道：「你現在通知客戶進行防火牆升級，升級之後只需重啟一下防火牆，這個程式就會運行！」

「好，我這就去辦！」那人說完就開始忙活了。

劉嘯再次回到會議室，發現裏面一個人也沒有，他便走到病毒分析室，發現中毒的防火牆已經被抱回來了，一幫人正在試著提取病毒樣本。

「怎麼樣？」劉嘯問道。

「樣本還沒提出來，不過根據防火牆目前的運行狀態，我們大概分析出了一些病毒的特徵。」負責的人說，「病毒寫入晶片後，應該是修改了我們的防護牆過濾規則，然後導致網路癱瘓，另外，病毒還修改了防火牆的帳號和用戶名，使得我們的客戶無法對防火牆規則進行恢復，也不能恢復默認！」

正說著，旁邊又有一人補充道：「我們試了一下，中毒之後，防火牆的線上更新功能失效，防火牆的晶片寫不進任何資料！」

劉嘯「啊」了一聲，非常驚訝，沒想到對方竟然也來這一招，他們先是破壞了防火牆規則，然後又堵死了所有可能遠端恢復的管道，目的只有一個，就是要讓軟盟親自去把自己的這些產品都抱回來。

劉嘯一皺眉，「我們一共有多少台產品感染了病毒？」

「兩百多台！」

「讓業務部去和這些客戶聯繫，如果客戶同意，我們就給他們免費更換

更好的產品，如果不同意，那就讓他們直接把這堆廢品給砸了！」劉嘯一咬牙，「該賠償多少，咱們認了！」

「那咱們的損失是不是有點太大了？」那人站著沒動。

「等抓到那個造病毒的人，我會讓他把咱們的損失全部彌補回來，一個子都不能少！」劉嘯牙齒咬得嘎吱嘎吱響，對方的病毒明顯是要將軟盟趕盡殺絕，那自己就不能抱什麼幻想了。

病毒樣本很快被提取了出來，劉嘯對病毒進行了反覆的分析，但並沒有從病毒本身發現任何線索，防火牆的日誌也被病毒給清除了，根本不可能知道是誰造了這些病毒，病毒又是通過什麼途徑感染了軟盟的防火牆。

這讓劉嘯很鬱悶，回到辦公室後，他什麼也沒幹，就坐在那裏想，會是誰再對軟盟下這個黑手，有很多人都有可能，但都無法確定，想得劉嘯腦袋直疼。

回到家的時候，已經非常晚了，劉嘯往電腦前一坐，便癱在椅子裏，這些日子來，他頭一次覺得累，而且是非常累，這種力不從心的累，比實實在在幹上一天活還要累。

看著電腦慢慢啟動，劉嘯嘆了口氣，不知道自己該幹什麼。平時他回來，都是研究ＯＴＥ的代碼，一直研究到睡覺，可今天他心裏有事，怎麼也提不起興趣。想起自己好幾天都沒有登入ＱＱ了，便打開了ＱＱ。

一登入，就看見一個頭像閃來閃去，劉嘯「蹭」一下坐起來，是踏雪無痕的頭像，他可很少主動聯繫自己啊！

劉嘯趕緊點開，只見上面寫道：「小子，你被人盯上了，最近小心點，他們可能要對你下手！」

還有一條：「你小子怎麼回事，看到消息後就吭一聲！」

劉嘯看了看消息的時間，第一條留言是兩天前留下的，而第二條是昨天發來的，劉嘯立時被凍在了電腦前。

踏雪無痕這消息是什麼意思，他指的會不會就是今天軟盟遭受攻擊的事呢？如果是這事的話，那踏雪無痕也太離譜了吧，事情還沒發生，他就已經知道有人要對自己下手了，而自己這個當事人直到事情發生，都還一無所知。

劉嘯好半天才回神過來，趕緊給踏雪無痕回道：「師父你這話指的是什麼？我被誰盯住了？師父你把話說清楚，他為什麼要對我下手？」

等了兩分鐘，踏雪無痕沒回，劉嘯等不及，又發了一條消息，「師父你在不在？在的話就回個信！」

這條消息剛發出去，踏雪無痕的頭像就亮了起來，「來了，來了！你小子怎麼現在才上線啊，晚了，對方今天已經下手了！」

劉嘯就覺得腦袋被「匡噹」砸了一下，看來踏雪無痕消息裏所指的，八成就是今天的事了，不過劉嘯還是求證道：「師父你是說今天軟盟遭到攻擊的事？」

「除了這事，還有別的事嗎？」踏雪無痕反問。

劉嘯心裏訝異之至，但此時也顧不得問踏雪無痕是怎麼會事先知道這事的，便問道：「那師父肯定知道是誰幹的了？」

「廢話，我要是不知道誰幹的，那還和你說個屁啊！」

「是誰？」劉嘯問道，「他為什麼要對軟盟下黑手？」

「他下黑手的對象是你，不是軟盟！」踏雪無痕知道劉嘯此時很著急，也就不賣關子了，「實話告訴你，今天下黑手的人，就是你之前一直在尋找的Timothy！」

「Timothy？」劉嘯怎麼也沒想到會是他，不會啊，Timothy為什麼要對自己下黑手呢？

「你把Timothy的行蹤露給了網監，現在網監正全力死追Timothy呢，他能不對你恨之入骨？」踏雪無痕發過來一個笑臉，「要不是那小子現在還不敢太暴露，估計現在軟盟早都被蹂躪得不成樣子了！」

「靠！」劉嘯不禁咒罵一聲，原來是這麼回事，這個Timothy的報復心簡直比吳非凡還要厲害，自己只不過和他匆匆一瞥，他就記住了自己。

這真他娘的是報應不爽，自己當時誣陷Timothy攻擊了海城市府的網路，Timothy現在就反手給自己一下。更湊巧的是，大家竟然還都選擇了攻擊防火牆！

不過細一想，劉嘯又覺得不對，自己是認識Timothy，但Timothy並不認識自己啊，Timothy在海城碰見的人肯定不止自己一個，他怎麼會知道是自己向網監露了他的行蹤呢！

「你也不必太擔心，Timothy現在還不敢明目張膽地對軟盟做什麼，再說，他也蹦達不了幾天了！」踏雪無痕又發來了消息。

「師父這麼說，肯定是知道Timothy現在在哪裡了？」劉嘯問道。

「怎麼？你準備和他幹一把？」踏雪無痕又發來那習慣性的笑臉，「算

了，也不差這幾天！」

「不行，我一定要把他揪出來，他不可能知道是我向網監露了他的行蹤！」劉嘯發完這條消息，突然覺得不對，趕緊再發一條，「還有，師父你是怎麼知道的？」

「我早就跟你說過，這世上沒有不透風的牆，任何秘密都可能被人知道！」

劉嘯現在絕對相信踏雪無痕的能力，他能請得動OTE，又能對所有的事未卜先知，這點劉嘯服；可是劉嘯怎麼能相信如此空泛的一句話呢，「世上沒有不透風的牆」，這並不是一切疑問的解答，劉嘯要的是明明白白的答案！為什麼如此機密的事，現在竟然是個人都能知道。

踏雪無痕看劉嘯半天沒說話，大概是猜出了劉嘯心裏的想法，又發來消息，「有些事情你沒必要非要弄明白，明白了反而是一種負擔，你只要知道我沒有惡意就行。」

「我當然知道你沒有惡意，但我想揪出Timothy，既然他找到了我，我不能無動於衷！」劉嘯答道。

「隨便你，不過我不會告訴你Timothy的藏身之地！另外，我想提醒你，不要太冒失，就算你能揪出他，你也不可能抓到他，這個傢伙並不是一個人！」

劉嘯明白踏雪無痕的意思，今年軟盟遭到如此密集的攻擊，這絕不是一個人幹的，「我自己能抓到他，我會小心的！」

「那就好！」踏雪無痕又發來一個笑臉，「對了，你的那個策略級安全產品的想法很好，我很看好，加油吧，期待你早日把它實現，不要因為一些不屬於你該管的事，把自己的正事給耽擱了！」

劉嘯無奈地搖搖頭，這踏雪無痕絕對是圈子裏的人，可他究竟是誰呢？就自己所瞭解，國內駭客圈安全界都沒有如此厲害的一位人物啊。劉嘯雖然心裏好奇了很久，可一直都忍著沒問，因為他相信總有一天自己會知道的，「師父你放心，我會努力的！」

「好了，我還有事要忙，你有事留言給我即可！閃了……」消息剛過來，踏雪無痕的頭像就暗了下去。

劉嘯也懶得再回覆了，他知道踏雪無痕一向是說閃就閃的，從認識他到現在，只有一次例外，那就是上次。

躺到床上，劉嘯開始琢磨要從什麼地方入手，找出Timothy的蹤跡，自

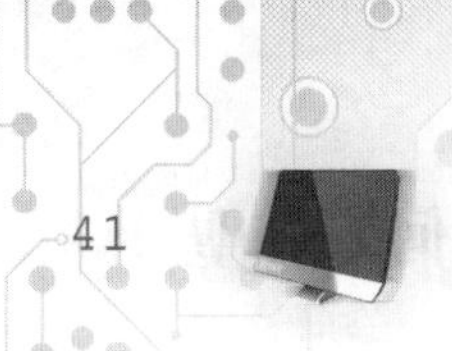

己沒有黃星手裏的國家資源，只能靠自己的技術去找線索，但既然踏雪無痕能找出Timothy的藏身之所，那自己也應該可以。這世上沒有天衣無縫這回事，就算他Timothy再謹慎，也會留下蛛絲馬跡的。

第二天來到軟盟，剛進辦公室，業務部的負責人就敲門進來了，「劉總！」

「怎麼樣？那些客戶都聯繫了嗎？」劉嘯問道。

「我正要給你彙報呢！」業務部的負責人說著，就把一份檔案放到了劉嘯桌上，「那些中毒的企業我們都聯繫過了，他們大多數都同意更換新的產品，但有二十多家企業不同意。經過努力協商，最終他們同意我們按照當時的報價進行賠償！這是文件，請你簽個字！」

「好！」劉嘯說著，就抽出筆準備簽字。

業務部負責人忍不住道：「劉總，要不我們再努力努力，畢竟中毒也跟他們平時防範意識不夠有關，這板子不能全讓咱們挨吧！」

「不用！」劉嘯嘩嘩幾筆簽好字，把文件遞還回去，「你告訴財務部，這筆錢儘快賠給客戶！還有，我昨天已經通知技術部了，剩下那幾千台防火牆，我們也要給客戶免費更換最好的產品，你回去後多多配合，做好協調工作！」

業務部的負責人還想說些什麼，但看劉嘯態度堅決，也只好作罷，「好，我知道了！」

業務部的人剛走，大飛就走了進來，「劉嘯，所有的遺留項目我都審查完了！」

「怎麼樣？」劉嘯問道。

大飛氣乎乎往椅子裏一坐，「簡直就是一塌糊塗！昨天我讓所有項目組的人都把自己手頭的項目都重新審查了一遍，結果發現，有一半的項目都存在問題。要說這老大真是夠壞的，都他娘的進去了，還給咱們出難題，咱們可真不該接這個爛攤子！」

劉嘯笑著，「發牢騷有用嗎？」

「那你說怎麼辦吧？」大飛捏著額頭，「我手都快斷了！」

「根據問題的大小，能夠糾正的就趕緊糾正，無法糾正的項目就砍掉，已經進行商業運營的項目，要做好和客戶的溝通，協商出解決的方案！」劉嘯頓了頓，「另外，那些利潤微薄和我們今後發展方向無關的小項目，都可以考慮砍掉！」

「早知道咱們昨天就不用考慮再招人了，把這些項目一砍，咱們就能騰出不少人來！」大飛嘆氣著站了起來，「得，我現在就去安排！」

「等等！」劉嘯攔住，「一會兒召開全體分公司會議，讓他們也開始自查，重新宣布一下公司的項目審核程式，以後所有的項目都必須完全按照章程來做，不能再出這樣的事了，會議就由你來主持！」

「知道了！」大飛轉身朝外走去。

大飛走後，劉嘯就掏出電話，給黃星打了過去。

黃星似乎還在生劉嘯的氣，好半天後才接起電話，「喂，劉嘯啊，有事嗎？」

「嗯，有事！」劉嘯頓了頓，「你們找到Timothy沒有？」

黃星好奇問道：「你問這個幹什麼？」

「我是想告訴你，Timothy找到我頭上了，他昨天攻擊了軟盟的網站，還釋放了一種專門感染軟盟防火牆的病毒，軟盟損失慘重！」劉嘯嘆了口氣，「你知道他為什麼要找我嗎？」

「什麼時候的事？」黃星很意外，「你怎麼不告訴我？」

劉嘯沒有理會黃星的問題，繼續說道：「Timothy知道是我向你們透露了他現身封明的事，所以才對軟盟下黑手！」

「不可能！」黃星那邊估計都跳了起來，「監控Timothy的事，我們一直是秘密在進行，只有總部和幾個人知道，至於你給我們透露消息的事，知道的人就更少！」

「我和你說這些，不是要追究是誰的責任！」劉嘯皺眉，「我是想提醒你，既然Timothy能知道是我向你們透露消息的，那他自然就知道你們在監控他的事；如果你們是想利用廖成凱把Timothy引出來，基本是不可能了，他不會上當的！」

劉嘯這話一下說到了黃星心裏，網監確實從廖成凱那裏得到了不少資訊，也圍繞廖成凱做了許多佈置，可以說，只要Timothy按照廖成凱提供的方式上線，網監就會在第一時間監測到，然後迅速啟動追蹤程式！劉嘯現在這個消息，無異是打碎了網監現在的全盤佈署。

「你敢確定攻擊軟盟的就是Timothy？」黃星覺得有點不可思議，「你怎麼會知道他是因為這個原因朝軟盟下手？」

「我們都以為這是秘密，可這事早都人人皆知了，唉……」劉嘯嘆了口氣，「我拿不出證據，但我知道肯定是Timothy幹的！」

黃星鬆了口氣，道：「你不要想當然，你得相信我們網監部門。駭客攻擊的事，每天都會發生，這很正常，你不要亂想！」黃星認為劉嘯這是在亂做連線題。

劉嘯無奈地搖了搖頭，「這個Timothy我是一定要抓住的，反正我該說的也都說了，至於信不信，那我就管不了了。我有事要做，就先掛了啊！」

「你小子就會瞎想，好，就這吧！」黃星笑道。

掛了電話，劉嘯出了辦公室，這次他沒有去實驗室，而是直奔公司的網站維護室。網站現在還關閉著，裏面幾個人正在分析著網站伺服器上的日誌記錄。

「怎麼樣？發現什麼沒有？」劉嘯問道。

那幾個人搖了搖頭，「攻擊源來自全球各地，我們查了查，都是一些非固定ＩＰ，憑我們手裏的資源，只能確定出ＩＰ的大概範圍，但不能知道是誰發動的攻擊！」

劉嘯點了點頭，「你們忙別的去吧，這事我來解決！」

那幾個人奇怪地看了劉嘯幾眼，便都站了起來，一臉納悶地走出網站維護室，心想這劉總不會是要自己一個人去分析昨天的資料吧，那得分析到什麼時候啊，再說，對方昨天並沒有攻入伺服器，就是分析到極點，結論還是一樣，無法知道攻擊者的身分！

不過這幾人小瞧了劉嘯的資料分析能力，劉嘯最擅長的就是這個，就是十個人同時做，也未必有劉嘯一人做得好。劉嘯坐在電腦前，沒著急去做什麼，而是在想著剛才那幾個人的分析結論。

攻擊源分佈在全球各地，可Timothy卻身在國內，就算自己從這些攻擊者的ＩＰ追查下去，最後也不一定能揪出Timothy來，劉嘯皺眉，自己要怎樣才能找到關於Timothy的線索呢。

劉嘯看了一下那幾個人做了一半的分析報告，發現昨天的攻擊雖然密集，但卻沒有同時發動的，也就是說，對方的是一波接著一波，而且每次攻擊之間間隔的時間很短，攻擊的對象，都是軟盟網站伺服器上的弱點。

這和劉嘯之前估計的情形完全不一樣，他一直認為對方很有可能是多人同時發動攻擊呢，現在看來，操縱這些攻擊的應該是一個人才對，一旦攻擊無效，對方馬上就切換一個新ＩＰ再來。

劉嘯此時突然想到，對方兩次攻擊之間的間隔時間如此短，這說明對方

切換ＩＰ之後就直接發動了攻擊，並沒有再去掃描嗅探。既然沒有多次掃描嗅探，對方為什麼每次攻擊都能直擊軟盟伺服器的弱點呢？

「媽的！」劉嘯恨恨地咬了咬牙，看來對方事先早都踩好了點，把伺服器的狀況摸得一清二楚了，這才會有條不紊地發動這麼密集的攻擊。

轉念一想，劉嘯不禁眉頭一揚，道：「我靠，老子就不相信你事先踩點也能一分鐘換一次ＩＰ！」

劉嘯終於有了思路，被攻擊後，很多人都會選擇分析對方攻擊所產生的資料包，而忘了攻擊必須有個前奏，那就是踩點，只有踩好點才能發動有效的攻擊。他Timothy可以在攻擊的時候，每更換一次攻擊方式就切換一台新ＩＰ，但不可能事先踩點的時候也來來回回換ＩＰ吧？

想到這裏，劉嘯趕緊行動了起來，他要從伺服器被攻擊前的資料記錄裏找到Timothy留下的線索。

劉嘯把昨天Timothy攻擊時所使用的手法全部總結了一遍，要從浩繁如海的資料裏找到有關Timothy的線索，簡直是大海撈針，但要是根據Timothy的攻擊手法來尋找他之前的探測相關漏洞的資料，相對來說就容易了很多。

總結出來後，劉嘯就拿出資料分析工具，開始在一個星期之內的資料記錄裏，搜索那些探測這些漏洞的資料。

資料很大，搜索需要一段時間，劉嘯坐在那裏一邊等著搜索結果，一邊開始揣摩踏雪無痕的話，他說即便自己找到Timothy，也不可能抓到他，因為Timothy不是一個人，可昨天的攻擊，一點也沒看出對方是一夥人。自己原本也是這樣以為的，可今天的分析報告證明昨天攻擊軟盟伺服器的是一個人，踏雪無痕不可能說謊，那Timothy的同夥哪裡去了？

「奇怪，這夥人到國內到底要做什麼呢？」劉嘯此時也對Timothy潛入國內的目的有所懷疑了。

「噹」一聲提示，劉嘯回過神，往螢幕上一看，分析結果已經出來了，他打開結果一看，果然和自己猜得一樣，伺服器在受到攻擊之前，曾被多次掃描探測，而探測那些被攻擊漏洞的資料，前後共有三次，全部來自同一個ＩＰ。

劉嘯一瞄那ＩＰ，有點意外，這個ＩＰ竟然來自海城，海城的所有的ＩＰ段，劉嘯早已熟記於胸。

「Timothy難道在海城？」劉嘯奇怪地問了自己一句，隨後搖頭，有這個可能，但不能確定，這個ＩＰ只是Timothy所使用的一個跳板或者代理，

沒有哪個高手會傻到用自己的真實ＩＰ來掃描要攻擊的對象。

劉嘯記下這個ＩＰ，然後返回了自己的辦公室。他得找一些趁手的工具，對方不是菜鳥，自己得做好兩手準備，萬一這個ＩＰ真是對方的真實位址，自己冒冒失失跑去探測，被對方發現，那就打草驚蛇了。

坐到辦公室的電腦跟前，劉嘯發現自己的手機落在了桌子上，拿起來一看，才這麼一會兒工夫，竟然有十多個未接電話，再一查，發現全是黃星打來的。

劉嘯很納悶，自己之前不是剛跟他通過話嗎，有什麼事這麼著急，於是順手回撥了過去，幾秒之後，響起了電話語音：「對不起，你撥打的電話已經關機，請稍後再撥！」

劉嘯拿著電話撓了撓頭，怎麼關機了？「算了！」劉嘯嘆了口氣，如果真有急事的話，那黃星還會再打過來的。

把電話一撇，劉嘯就在電腦前忙了起來，他得確定出一個萬無一失的方案，務必挖出Timothy的真實位址。

把挑好的工具全部存在隨身碟，劉嘯就奔實驗室去了，公司的電腦都在局域網內，只有實驗室的電腦具有獨立的公網ＩＰ，方便辦事！

開機之後，劉嘯朝那個ＩＰ發送了個探測消息，幾秒之後，提示消息返回，表明那個ＩＰ此時並不線上，劉嘯這下就不知所措了，自己都做好了準備，對方竟然不在線上，這可怎麼辦呢，你就是要打架，那也得有個對手吧！

沒辦法，劉嘯只好先調出自己的ＩＰ資料庫，先查查這個ＩＰ的具體消息，誰知一輸入進去，卻發現了更倒楣的事，這個ＩＰ和Timothy攻擊時使用的那些ＩＰ一樣，都是非固定ＩＰ，也就是說，就算這個ＩＰ上線，也不一定就是Timothy之前探測時用的那台電腦了。

要想知道當時是誰在使用這個ＩＰ，只能到電信去查，可電信是不會告訴你的，這是他們的客戶機密，除非公安局立案偵察，警察才有權力要求電信提供這方面的資料，劉嘯一不能證明那個ＩＰ攻擊了軟盟，二不是警察，電信憑什麼給他提供這些資料呢？

不過這也不完全是壞事，至少劉嘯現在可以百分百確定，使用這個ＩＰ對軟盟伺服器進行探測的人，絕對就是Timothy無疑了。有的駭客習慣使用那些具有固定ＩＰ的電腦作為自己的跳板，有的喜歡使用非固定ＩＰ做自己的跳板，而Timothy無疑就是後者了，不管是探測還是攻擊，他用的都是這

些非固定ＩＰ，將自己更好地隱藏了起來。

「現在怎麼辦呢？」

劉嘯沒了主意，在自己認識的人中，如果說能夠有權力得到這些資料的，大概只有黃星和葛雲生了。可葛雲生和自己只有一面之緣，估計不會幫自己這個忙，何況他在電信，也只是負責網路安全的，不一定有權力去查閱這些資料。

至於黃星，劉嘯現在有點猶豫，不知道該不該去聯繫他，Timothy既然能知道自己向網監透露他在封明的行蹤，就說明網監那邊對於Timothy沒有任何秘密可言，自己現在去通知黃星，弄不好消息又要走漏。

想到這裏，劉嘯站了起來，又奔向自己辦公室去了，自己得回去重新挑選工具，實行第二套方案了。

第三章　高手對決

如果兩人能夠見面的話，估計這場面應該就像是武俠片裏的高手對決一樣，誰也不出招，就杵在那裏，擺一個帥氣的POSE，然後用全身散發出來的王霸之氣壓死對方，所謂的意念殺人，大概就是這樣子吧。

回到辦公室，劉嘯發現自己又把手機忘在桌子上，拿起來想了半晌，他又給黃星撥了過去，提醒一下還是有必要的，誰知電話裏依舊是那個對方關機的服務音。

「看來是老天不讓我告訴你！」劉嘯嘆了口氣，這下他記得先把手機裝進兜裏，然後才坐到電腦前。

其實第二套方案很簡單，就是通過非法的手段，從電信那裏查出那個IP的使用情況，劉嘯有辦法，不過很猶豫，拿不定主意要不要這麼做。畢竟這麼多年，他從來沒有因為自己的利益而去非法入侵，上次侵入電信，雖然也是非法進入，但在劉嘯看來，那純粹是駭客為了追求無止境的安全而做的必要滲透檢測。

撓了半天耳朵，劉嘯才拿定主意，一咬牙，往隨身碟裏又複製了兩個工具，然後去了實驗室，這事他必須得做，管他非法不非法呢，Timothy本身就是個非法的東西，自己以非法制裁非法，從最終目的來看，自己是沒有錯的。

電信的資料庫，在外部根本不可能查看，就算在電信的內部，也必須具有許可權，劉嘯之前曾仔細研究過，雖說電信的內部防護都不錯，但仍有可趁之機。

劉嘯的那兩個工具，一個是利用電信網上營業廳系統的錯誤，直接連結電信內部，而另外一個工具，則是用來製造一個虛假的資料庫帳號。

這是一種新的駭客手段，據劉嘯所知，圈裏會這種技術的人寥寥可數，通過這個工具，劉嘯可以製造出一個虛擬的帳號訪問資料庫，但這個帳號很奇怪，就像是齊天大聖拔根毫毛吹出來的萬千替身一樣，替身再多，這世上也不會再多出一個孫大聖來。

電信的資料庫裏根本不會多出一個許可權帳號，而且也無法發現這個虛擬的帳號，它就像空氣一樣，它對資料庫的任何操作都不會被記錄下來，但它卻可以通過孫大聖的外形騙過所有的許可權檢查，得到自己所需要的資料。

劉嘯連入電信的內部網路後，得到了資料庫的許可權帳號列表，這些帳號的許可權都不一樣，不同的帳號只能查閱規定許可權內的不同資料。劉嘯現在哪有工夫去研究這些許可權設置，乾脆直接選擇了虛擬最高許可權的那個帳號，這個帳號可以查閱所有的資料。

劉嘯運行了第二個工具，輸入要虛擬的帳號名字，點擊連結之後，就順

利地進入了電信的資料庫。

看看沒有異常，劉嘯就迅速的找到用戶上網的ＩＰ記錄，劉嘯輸入自己記住的那個ＩＰ，他要查詢一個星期內這個ＩＰ被分配的記錄。

顯示出來的結果大大出乎了劉嘯的意料，在這個ＩＰ掃描探測軟盟伺服器的那幾個時段內，這個ＩＰ都被分配給了同一個電信用戶。

劉嘯心裏納悶不已，怎麼會這麼巧，一個用戶連續三次被分配到同一個帳號，這種機率簡直是微乎其微，為求保險，劉嘯還專門去查了一下這個用戶的上網記錄，如果用戶分配到這個ＩＰ後，始終保持聯網不斷線，那也有可能長時間佔有這個ＩＰ，可查詢的結果卻不是這樣，這個用戶每天線上的時間不足兩個小時，而且只要一上線，必定分配到的就是這個ＩＰ。

劉嘯迅速地把這個用戶的帳號記了下來，然後去查這個用戶的註冊資料，註冊資料顯示這個用戶是非固定ＩＰ用戶，每次上線都是從電信的ＩＰ池隨機分配一個位址。

劉嘯現在對這個用戶產生了深深地懷疑，出現這種情況，肯定是有人在電信的後臺篡改了資料，將這個用戶和這個ＩＰ位址綁在了一起，但修改的人肯定不會是電信的人，電信的人有什麼理由踩點軟盟的伺服器呢。

現在也只有從這個用戶查起了，要麼就是死等這個IP上線，劉嘯把這個用戶的詳細註冊資料打開，然後找來紙筆，一一記錄了下來。

做完這些，劉嘯就準備撤退了，他剛把自己可能會留下的尾巴清理乾淨，就聽見工具突然「滴」地叫了一聲。劉嘯有些納悶，難道是自己剛才擦腳印失敗了？

如果操作不當，或者許可權不夠，就會造成擦除腳印的操作失敗，這不是不可能發生的事，想到這裏，劉嘯準備重新清理一下尾巴，誰知工具此時又「滴」地叫了一聲。

「不對啊！」劉嘯撓著頭，「自己現在可什麼都還沒做呢！」他終於意識過來，這可能不是操作失敗的提示，而是發生了別的意外。

劉嘯迅速鍵入一個查看狀態的命令，過了一會兒，結果顯示了出來，劉嘯直接就嚇傻了。資料庫的許可權帳號列表上，排在最前面的，竟然是三個一模一樣的帳號，而這個帳號正是劉嘯虛擬的那個對象。

其實還是有一點不一樣，為了區分真實和虛擬的帳號，劉嘯的工具會在虛擬帳號後面顯示出一個「*」號，而現在工具顯示出兩個帶星號的帳號，也就是說，此時還有一個人虛擬了這個帳號進來了，這真是他娘的巧了，又有人拔了孫猴子一根毛。

劉嘯當時就沁出一身冷汗，甚至都忘記了該怎麼辦，換了平時，他早都跑了，可今天卻傻傻坐在那裏，直瞪瞪地盯著那三個一模一樣的帳號。

那個和劉嘯用同樣手段進來的人肯定也發現了這個異常，他似乎也傻了，進來之後一個操作都沒有，估計也是在電腦的另一端盯著螢幕出冷汗。

如果兩人能夠見面的話，估計這場面應該就像是武俠片裏的高手對決一樣，誰也不出招，就杵在那裏，擺一個帥氣的POSE，然後用全身散發出來的王霸之氣壓死對方，所謂的意念殺人，大概就是這樣子吧。

可惜網路不是空氣，不能將這王霸之氣轉換成電子資料傳送過去，更不能將電子資料再轉換成王霸之氣，然後將電腦那端的人用意念殺死。網路就是網路，它有著自己的「氣場」傳播方式。

隨著「嘀嘀」一聲，劉嘯發現許可權帳號列表上出現了一個新用戶，英文的，翻譯過來就是「你是誰？」

「駭客！」劉嘯此時好像突然喪失了思維能力，腦子裏就冒出這麼一個詞，他把那帳號修改成了「駭客」。

「你來做什麼？」對方再次修改了那個帳號。

「和你一樣！」劉嘯再修改。

兩人就用這種奇怪的方式在交流著。

「你技術不錯！」

「謝謝誇獎！」

「你不問問我是誰？」

「你不會告訴我的！」

「我以前沒碰到這種情況！」

「我也是頭一回！」

「交個朋友？」

「以後或許會！」對方主動來套交情，劉嘯就得愈發地小心，說話之間，不敢留下一絲一毫的馬腳。

對方看劉嘯有些冷冰冰，一時也找不到話題了，兩人再次陷入剛開始的沉默狀態。

時間一久，劉嘯就有點坐不住了，資料庫憑空多出一個許可權帳號，電信的人隨時都有可能發現這個異常，自己再和對方這麼耗下去，到時候誰也走不掉！

「還有事嗎？」劉嘯又修改了那個帳號名字。

「應該沒有！」

「此地不宜久留！」

「以後還會見面嗎？」

「或許會！」

對方沉寂了一會，再次修改那個帳號，「那後會有期，我來擦腳印！」

「多謝，後會有期！」劉嘯改完這一句，二話不說，就迅速撤離出了電信的網路。

其實他在修改最後一句話的時候，就已經把自己的腳印擦除乾淨了，現在根本不知道對方是誰，他才不敢把腳印留給對方，至於他說「多謝」，是提醒對方把那個被改來改去的用戶名清除掉。

關掉所有和電信的連結，劉嘯長長地出了口氣，剛才太緊張了，他連大氣都沒敢喘一下，能夠使用這種技術進入電信的，絕對不是一般的高手，今天真是非常地幸運，對方似乎沒有什麼惡意，否則今天自己是否能夠全身而退，就很難說了。

劉嘯把臉上的冷汗擦掉，然後拿起自己剛才記錄下來的那個電信用戶的資料看了看，他準備查一查這個用戶的真實資料，當然，這也需要一點非法的手段，因為沒有任何一個機構有義務把這些私密資料提供給自己！

「老天爺保佑，這次可不要再出什麼意外了！」

劉嘯晃了晃滑鼠，準備再次開戰，手剛摸到鍵盤，突然傳來很猛烈的「匡匡」兩聲，「劉嘯！你給我出來！」實驗室的門也被震得嗡嗡響。

劉嘯緊張過度，反射動作地從椅子上跳了起來，不過跳起來後他就鎮定下來了，因為他已經聽出了這聲音的主人，是黃星！

「劉嘯！你給我出來！」門外又傳來了黃星的聲音。

「來了來了！」劉嘯稍微收拾了一下電腦，轉身趕緊去開門。他還一邊掏出手機看了一下，上面並沒有未接電話啊，心裏不由很納悶，這黃星到底怎麼回事，自己早上聯繫他的時候，他還在封明，怎麼轉眼就到了海城，就是有天大的事，也不用這麼著急啊！

「媽的，不會是出什麼大事了吧！」劉嘯心裏不由一陣緊張，自己今天可真是走狗屎運，入侵電信都能碰上同道中人，還有什麼事不可能發生！

劉嘯拉開門，就見黃星氣沖沖地站在外面，他一瞅見劉嘯，便過來劈頭

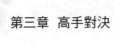

蓋臉地說：「我給你打電話為什麼不接，你小子到底想怎麼樣？你是不是覺得是我們把你賣給了Timothy啊？」

劉嘯大汗，「我沒不接啊！我出去沒帶手機，誰知道你一會工夫就給我打了十多個電話，等我回撥過去，你又關機了！」

「那你為什麼不帶手機？」

「呃……」劉嘯一愣，隨機道：「我忘了啊！」

黃星一癟，剛才估計他也是氣急了，才會問出那樣蠢的問題，黃星瞪了劉嘯一眼，「我懶得跟你糾纏，我問你，你為什麼能肯定軟盟受攻擊是Timothy幹的，而且是因為你洩露他的行蹤？」

劉嘯一皺眉，道：「這裏不是說話的地方，走，去我辦公室，我慢慢跟你說！」劉嘯說完，轉身回去把那張紙收好，然後關了實驗室的門，帶著黃星去了自己的辦公室。

「喝水！」劉嘯給黃星倒了杯水，笑呵呵地遞了過去。

「哪有工夫喝水啊！」黃星接過去，又順手放在了一旁，「你趕緊給我說說，到底是怎麼一回事！」

「我記得我早上給你打電話的時候，你並不相信Timothy會知曉你們的行動啊？」劉嘯說完順勢坐到了黃星的對面。

黃星一拍沙發，「早上剛接完你的電話，我的上司就來了電話，就是上次你見過的那個……」

「姓方的那個？」劉嘯問道，他對姓方的印象深刻，自己上次機場安檢口被扣住了的時候，還被姓方的訓了一頓。

「嗯，就是他！」黃星點了點頭，「上面打電話過來，說我們在封明的布控已經失敗，要我們重新尋找新的線索！」

「這樣啊！」劉嘯點了點頭，不過心裏挺納悶，這網監的上司真是挺奇怪，既然已經知道布控失敗了，那就是說，網監的上層對Timothy的行蹤有所掌握才對，這樣直接安排下屬重新布控就是了，為什麼又要黃星他們重新尋找新的線索呢。

黃星似乎看出了劉嘯的懷疑，道：「上面這麼說，肯定有他們的道理，可能這個消息是我們的內線傳回來的！」

劉嘯「哦」了一聲，笑道：「你們上司可真夠厲害的，居然能把內線派到駭客身邊！」

黃星咳了兩聲，「說吧，你的消息又是從哪裡來的！」

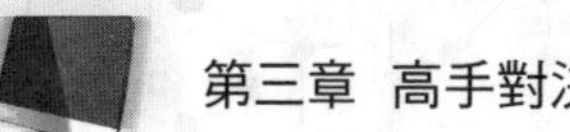

劉嘯搖搖頭，「我不能告訴你，反正消息絕對可靠，你的那個上司的命令剛好證明了這一點！」

「你小子怎麼這樣？」黃星騰地站了起來，「Timothy非法入境，一定是有著不可告人的目的，這個目的很可能危害到國家的安全，難道你不是中國人？你這樣固執下去，很有可能對國家對人民造成極大的損害！」

「你不要急著給我扣這麼大的帽子，我可承受不起！」劉嘯笑呵呵地站起來，把黃星按回到沙發裏，「我問你，你到底是要追查我的消息來源呢？還是要追查Timothy的下落？」

黃星一怔，隨即回過味來，笑道：「這麼說，你有Timothy的新線索了？」

劉嘯笑著從兜裏掏出那張紙，遞了過去，「這是我追蹤到的一個電信上網帳號，Timothy對軟盟伺服器發起攻擊之前，曾用這個帳號進行過多次刺探掃描。這個帳號本身也有很多蹊蹺的地方，我本來是想繼續追查下去的，現在你來了，我就把它交給你！」

黃星接過來，展開仔細看了看，問道：「資料上的東西都真實嗎？」

「我還沒來得及核實，這只是我從電信調出來的註冊資料！」劉嘯答道。

黃星看著劉嘯，「你對這個線索有多大把握？」

「我不能給你做任何保證！不過，這是我追查到的唯一有價值的線索，我想就算這個帳號和Timothy沒有任何關係，但從這個帳號追查下去，肯定也能找出和Timothy有關的線索！」劉嘯笑著，「如果你不放心，那就由我去追查好了，到時候找出Timothy，你們再行動！」

黃星大汗，網監還不至於那麼差勁吧，讓別人追查，網監最後坐享其成，這成何體統！黃星掏出電話，撥了一個號碼，然後道：「我是黃星，幫我查一個身分證號碼。」說著，就按照那張紙上的號碼念了一遍，然後道：「馬上查，我現在就等消息！」

黃星沒有掛電話，稍微等了半分鐘，電話那邊似乎有消息，就聽黃星「嗯」「嗯」幾聲，「我知道了！」然後掛了電話，對劉嘯道：「查過了，看來這個帳號確實有問題，註冊用的身分證號碼是偽造的！」

說著黃星就站了起來，「事不宜遲，我現在就組織力量調查一下這個帳號！告辭了！」

「慢著！」劉嘯也急忙站了起來，「這次可要小心，要是再走漏了消

息，線索就完全斷了！」

「我知道！」黃星恨恨地咬著牙，「我不會一個坑裏栽兩回！」

「有消息通知我一聲！」劉嘯說。

「好！」黃星把手機和那張紙收好，轉身就朝外面走去，走到門口，突然停住，轉身看著劉嘯。

「還有事？」劉嘯奇怪地看著黃星。

黃星的臉上連續變了好幾個表情，欲說還休，最後道：「謝謝你的線索，不過，以後最好是通過我們從電信調這些資料！」

劉嘯衝黃星擺了擺手，搖著頭便坐回到了自己的辦公桌裏，那表情就像是聽了一個笑話。黃星早知道劉嘯會是這個反應，整了整衣裝，拉開門走了出去。

黃星走後，劉嘯稍微休息了一會，便又進了實驗室，搜尋Timothy的事有黃星去做，那自己還是把這個策略級產品的事抓緊。

劉嘯現在有了內外兼顧的思路後，策略立馬變得靈活了很多，實現起來的方法也比較多，只是規則不好制定，而且如何根據對方的進攻方式來變化相應的策略，也是個大問題，劉嘯要解決的問題還很多。至於那個線上追蹤的系統，劉嘯現在一點思路都沒有，總覺得腦子裏有個想法，但始終抓不住。

一直忙到很晚，劉嘯才回到家裏。

打開電腦，劉嘯第一件事就是把ＱＱ掛上，他可不想再錯過什麼消息，要是自己能早點得到踏雪無痕的消息，提前做好防備，說不定這個時候早就把Timothy給揪住了。

看著踏雪無痕黑黑的頭像，劉嘯突然覺得有一點不對勁，仔細想了半天，又把之前的聊天記錄翻了一遍，劉嘯才明白過來，昨天踏雪無痕居然破天荒沒有入侵自己的電腦，桌面上沒有那面軍旗。

「唉……」劉嘯嘆了口氣，為什麼踏雪無痕進入自己的電腦總是那樣的輕鬆愜意呢，自己到底要到什麼時候才能達到踏雪無痕那種水準。

正想著呢，電話響起，劉嘯拿起一看，是黃星打來的，「黃星大哥，什麼事？」

黃星的語氣很興奮，「好消息，我們今天查清楚了那個帳號的資訊，也找到了那個帳號所在的準確位置！」

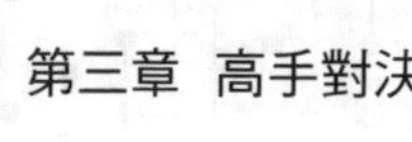

「怎麼樣？」劉嘯趕緊問道。

「帳號是從海城三環邊的一個社區上網的，我們已經確定了他的準確位置，目前正在監控中，還沒有什麼動靜。不過剛接到社區居民的反映，說帳號所在的那戶房舍，最近一段時間有不少陌生人出入，有好幾個老外，其中一個人的描述，跟Timothy非常相似。我準備向上級申請行動計畫，只要Timothy一露面，我們就立刻動手！」

「這麼急？」劉嘯很意外，「你最好還是觀察一段時間，我想Timothy不會那麼大意，一般沒有駭客會使用自己的真實ＩＰ對要攻擊的對象進行掃描試探的。再說了，Timothy潛入國內的目的不準備搞清楚嗎？」

「不用搞清楚，非法入境本身就是個罪名，一旦抓住他，我們會將他驅逐出境的。這傢伙在國內就是個不安全因素，而且他潛入進來的時間已經夠長了，我們不能再冒險了！」

「Timothy很有可能還有同夥，你這麼著急下手，很有可能打草驚蛇，社區居民的反映不是已經證實了這點嗎？」劉嘯反問。

黃星這下從興奮中冷靜了下來，「你說得有道理，我這一高興就昏頭，好，有消息我再通知你，我先掛了，把監控的事情重新佈署一下！」

劉嘯笑著搖頭，然後收起了電話，坐在電腦前想著黃星說的這些事，他沒想到這麼容易就找到了關於Timothy的線索，確實有點想不通，就是個菜鳥，也不會使用自己的真實ＩＰ去掃描要攻擊的對象，何況是Timothy這種高手？如果Timothy真的這麼做了，那就只有一種解釋，他覺得沒人可以追蹤到自己，或者說是沒人可以抓住他！

劉嘯的電腦螢幕上此時剛好顯示著踏雪無痕上次的聊天記錄，「不要太冒失，就算你能揪出他，你也不可能抓到他，這個傢伙並不是一個人！」，踏雪無痕這句話剛好是個證明，劉嘯撓了撓頭，真是奇怪，想不通啊，Timothy到底是個什麼樣的人，他和他的那些同夥到底要做什麼呢？

想到最後，想得劉嘯直頭疼，昏昏沉沉睡了過去。

第二天劉嘯爬起來的時候，已經過了上班的時間。

「靠！」劉嘯敲著自己的腦袋，「事不關己，自己瞎操什麼心，琢磨來琢磨去倒把自己的正事給耽誤了！」

匆匆洗漱完，劉嘯就奔公司去了。

進了公司，路過人事部的時候，門開著，劉嘯往裏面瞥了一眼，只看見

一個背影，劉嘯不禁站住了。

「給我一個機會吧，我絕對可以勝任的！我保證！」房間裏，那個背影主人的聲音飄了出來，「我真的很想得到這份工作！」聲音顯得非常無助，又充滿期盼。

「對不起，這份工作確實不太適合你！」人事部的負責人搖著頭。

那個背影顯得非常失望，似乎要放棄了，劉嘯站在外面，都能感受到背影散發出來的絕望。

「怎麼回事？」劉嘯走了進去。

「劉總！」人事部的負責人站了起來，「早上來了十多個應聘的，就剩這一個了，不太合適，我已經給她解釋好多遍了，她還是不肯走！」

那個背影也站了起來，朝劉嘯看過來。

那女孩的人就和她的背影一樣，讓你只要看一眼，就不忍心拒絕她的任何請求。

「你準備應聘什麼？」劉嘯問道。

「項目開發設計！」人事部的負責人搶先回答了，「這是個很枯燥的活，不適合女性，咱們以前也從沒招過女的，再說了，她的專業也不對口！」

「別的職位我也可以做！」那女孩急忙說道。

劉嘯往女孩的簡歷瞥了一眼，專業一欄填著「電子商務」四個字，竟然和劉嘯是一個專業。

人事部的負責人笑了起來，「我剛才不是說了嘛，公司只有財務部和業務部招女員工，這兩個部門現在都不缺人，你還是到別的公司試試吧！」

「你最擅長的是什麼？」劉嘯問那女孩。

「網路安全！只要和網路安全相關的，我都能勝任！」女孩的答案，和劉嘯當時在銀豐面試時的回答一模一樣。

「那你就應聘安全職位！為什麼要應聘項目開發？」劉嘯一副興師問罪的架勢。

女孩似乎被嚇到了，好半天才道：「我需要一份工作，你們這次招聘，安全職位不招人！」

「喜歡網路安全嗎？」劉嘯問道。

「這是我的興趣！」女孩非常肯定地點了點頭。

「好，你被錄用了！」劉嘯直接在那女孩的簡歷上簽了自己的名字，

「明天你來上班！」

女孩被劉嘯的舉動給弄懵了，直愣愣看了劉嘯半晌才回過神來，「謝謝你的信任！我會努力的！」說完，朝劉嘯淺淺一鞠躬，朝門外走去。

女孩這一走動，劉嘯才發現，女孩走起路來一高一低，似乎有腿疾，雖然她已經極力在掩飾，但劉嘯還是看了出來。劉嘯這才明白女孩那句「我需要一份工作」是什麼意思，很少有企業會錄用有腿疾的員工，女孩之前肯定是碰了不少壁。

等女孩走出去，劉嘯就狠狠瞪了人事部負責人一眼。

那人很委屈，「你也看出來了吧！」

或許，這才是他拒絕那女孩的真實理由吧。

軟盟每週的例會上，大飛提交了一份報告，是關於軟盟所有遺留項目去留歸屬問題的報告。

「按照你的要求，我安排人力對所有遺留項目的隱患以及運營成績進行了全盤考核！」大飛輕輕敲了敲桌子，「按照最保守的標準裁定，有將近四分之一的項目要被砍掉，另外還有四分之一的項目需要改進升級，消除隱患。這裏是詳細的名單，你看一下，如果沒有問題，我就按照這個名單執行了！」

劉嘯接過去，瞄了一眼，他對軟盟以前的這些項目也不熟悉，不過他也懶得弄清楚，於是道：「沒問題，就按這個名單上的順序執行吧！」

「好！」大飛點了點頭，「那咱們進行下一個議題！砍掉這麼多項目，咱們就會多出很多閒置的員工，這些人怎麼安排？」

「咦？人事部的人呢？」劉嘯這才發現人事部的負責人沒有到會。

「我讓他停職反省去了！」大飛恨恨地說，「這傢伙根本就沒有領會到咱們軟盟的用人宗旨！」

劉嘯直搖頭，真是拿大飛沒辦法，只好道：

「我看這樣吧，咱們空出來的這部分員工，就先安排他們去做好交接問題！同時砍這麼多項目，我們肯定要對以前那些客戶做出個交代，就讓他們去和各自項目的客戶去協商，解決好善後問題，進行交接的同時，再根據其他項目組的情況，慢慢將這部分員工分散吸收。」

「好，我同意！」大飛點了點頭，其他人也點頭同意。

「這分散吸收的工作，就由人事部來負責，一定要做到萬無一失！另

外，咱們上次商議招人的事，就暫時終止吧！」劉嘯看著大飛，「人事部那邊儘快恢復工作，不要影響了公司的運轉！」

「我知道，誤不了事！」大飛一咬牙，把檔案一合，「今天的議題就這些了，大家還有什麼別的事嗎？」

眾人都搖頭。

劉嘯一看，「好，那就散會吧，回去抓緊把今天的這些決議都落實了！」劉嘯說完，站起來就準備走人。

「等等，等等！」大飛趕緊攔住劉嘯。

「怎麼，還有事？」劉嘯疑惑地看著大飛。

大飛拍著腦袋，「咱們自己空出來的人手是解決了，可還有招進來的人呢！」

劉嘯一皺眉，「招進來多少人啊？」

「就一個！」大飛笑說，「就那天你決定的那個！其他幾個來應聘的，我都看了，眼高手低，只會耍嘴皮子，不適合在咱們軟盟幹，我全都給辭退了。剩下這個是你決定的，我可不敢辭掉她，不過她來公司都兩天了，就擱在那兒空坐著，這也不是個事啊。」

劉嘯瞪了大飛一眼，「誰叫你讓人事部給歇業了！」

「得，我的錯！」大飛一副無所謂的樣子，「那這個人怎麼安置？」

「算了，既然是我招聘的，我自己來解決吧！」劉嘯一擺手，「不耽誤大家時間了，散會吧！」

出了會議室，劉嘯在公司裏四下裏踅摸，才找到那女孩的位置，此時她正安靜地坐在另外一位員工的背後，看著那員工在做東西。

劉嘯走到那女孩背後，輕輕一拍她的肩膀，低聲道：「到我辦公室來一下！」

女孩回頭見是劉嘯，慌忙站了起來，「我……」她臉上神情非常緊張，就像是上課走神被老師抓到了一樣。

「到那邊說吧！」劉嘯笑著，轉身朝自己辦公室走去。女孩只好跟在後面。

「坐！」劉嘯把自己的檔夾往辦公桌上一放，回頭招呼那女孩，「坐吧，我都忘了問你的名字呢！」

「我叫商越！」女孩報了自己的名字，這才忐忑地坐了下去。

「我記得上次你說自己最擅長的是網路安全！」劉嘯坐到了商越的對

面，「談一談吧，你對網路安全有什麼看法？」

商越捏著手指，似乎是沒想好，沒有吭聲。

「放輕鬆點！」劉嘯呵呵地笑著，「你不要那麼緊張，其實我和你一樣，都是今年畢業的學生，而且還都學的是電子商務專業呢！」

商越似乎有點不相信，懷疑地看著劉嘯。

劉嘯從抽屜裏翻出一張簡歷，遞到商越跟前，「這是我進軟盟時的履歷表，你看！」說完放在茶几上。

商越拿起來一看，用驚訝的眼神看著劉嘯。

「怎麼樣？我沒有說謊吧！」劉嘯笑著，「說說你對網路安全的看法吧，放心，這裏沒人會笑話你，要對自己有信心！」

「那……那我就說。」商越吸著氣，鼓足了勇氣，道：「很……很久以前，有個人在集市上賣東西，他一手拿著一張盾，說這是天下最堅固的盾，再利的矛也戳不穿，另一手卻拿著一支矛，說這是天底下最鋒利的矛，什麼盾都能戳穿。其實…其實，在我看來，網路安全就和這矛盾一樣，我們都知道這世上沒有絕對的安全，駭客攻擊的手段每天都在增加和翻新，而另一方面，我們卻寧願相信自己能控制現有的局面，能夠克制目前所有駭客的攻擊手段。」

「很好，很好！」劉嘯笑著點頭，「繼續說下去！」

商越得到鼓勵，終於不再忐忑，繼續道：

「如果不親自去試一下，就永遠不會知道是矛尖還是盾厚。可惜，網路安全領域的矛和盾都是會升級的，就算試上千萬次，也分不出個高下來，永遠不會出現東風完全壓倒西風的狀況！」

「這豈不是說，我們永遠都不可能戰勝對手嗎？」劉嘯笑著，「那我們這些做安全的人，豈不是很失敗？」

商越又有些緊張了，「也…也不是那麼回事。當大家的技術都達到一定的水準後，成敗往往就取決於細節，誰考慮得更全面，誰的ＢＵＧ更少，就能在對抗中占到上風。」

「如果靠謹小慎微來打敗對手，那贏了也不痛快！」劉嘯笑著站了起來，「這不是我劉嘯的風格，也不是軟盟的風格，謹小慎微是安全人做事必須具有的素質，但絕不是戰勝對手的手段！」

商越奇怪地看著劉嘯，「那你怎麼看這個問題？」

「你說的矛與盾的狀態確實存在，東風壓不倒西風，西風也占不到任何便宜，安全界目前就是這麼一種狀況！如果說得再詳細一點呢，那就是安全滯後於攻擊，但安全最後必定能壓制住攻擊，一個勝在先聲奪人，一個勝在後發制人。但你有沒有考慮過把雙方的位置顛倒一下呢？」劉嘯看著商越，「如果安全人先聲奪人呢？」

「呃……」商越一愣，「沒有絕對的安全，誰先出手，就是把自己的底露給了對方，對方遲早能找到你存在的漏洞。」

「你沒有理解我的意思，我說的先聲奪人，是一種料敵先機的壓制！」劉嘯笑著，「就拿你的矛和盾來說吧，想要試出誰更勝一籌，有很多種方法，你認為只有傻乎乎地去硬碰硬才能得出結果嗎？」

第四章　人為危機

「Timothy今天這麼做，就是在搜集資料，他想知道海城市府能在多長時間內意識到系統遭到了駭客的控制。」

「為了得到資料，就不惜製造了一場人為的危機，真是喪心病狂啊！」劉嘯怎麼也沒想到會是這麼回事。

劉嘯看商越還有點不明白，就繼續說道：「矛是天下第一的矛，盾也是天下第一的盾，這都是事實，但分出它們高下的，不是它們自己，而是使用它們的人。一個天下第一的俠客，他就是用盾，也能輕鬆打敗那個用矛的人，取勝的不是手裏的兵器，而是招式。事先預知對方的招式而給予打擊，就可以讓對手毫無招架之力。」

「技術、標準、知識，這些對於我們每個人來說，都是平等的，是一模一樣的，是因為人的不同，才會產生矛與盾的對抗，我們用新技術來創造更完美的程式，而對手卻用新技術來製造更厲害的病毒。」劉嘯頓了頓，說出了自己的結論，「安全滯後於攻擊，不是因為我們在技術上落後他們一步，而是我們對對手的行為缺乏判斷，如果我們能夠對攻擊者的下一步行為瞭若指掌，如果我們熟悉每一項新技術可能出現的非法用途，那我們就能先聲奪人，讓攻擊者根本沒有機會出手。」

「我有點明白了！」商越點了點頭。

「好，明白就好！」劉嘯笑著坐到了自己的辦公桌裏，「你明白了，那我就給你分配一下你在軟盟的具體工作吧！」

劉嘯從自己抽屜裏抽出一份檔案，「咱們軟盟準備成立一個新的部門，叫做網情部，主要的任務，就是分析網路中可能存在的一切潛在的安全隱患，為公司提供決策依據，讓咱們走在對手的前面！這是我的一些思路，你拿去看看，然後再搞一個具體的方案出來，看咱們這個網情部的業務該如何開展！」

「這……」商越有點遲疑，「我以前沒做過，怕做不好！」

「你認為我現在做軟盟的這個總監，做得如何？」劉嘯問。

「很好！」商越答道。

「可我以前也沒做過總監，就是在學校，我連個小組長都沒當過！」劉嘯笑呵呵把文件往前一推，「對自己有信心，然後竭盡全力，你就能做好！」

「那……」商越咬咬嘴唇，「那我試試吧！」便上前接過了那份文件。

劉嘯覺得商越現在的樣子，有點像自己剛到張氏的時候，在知道自己的對手是邪劍時，自己甚至壓力大到腿軟倒地，好在自己挺過來了，沒被嚇死。

等商越出去，劉嘯收拾收拾，準備去實驗室繼續搞自己的產品，剛站起來，就聽見有人敲門，於是重新坐了回去。

門一開，就見黃星走了進來，然後一下癱坐在沙發裏，整個人看起來非常疲憊，一點精神也沒有，坐在那裏也沒說話，雙眼盯著天花板，一副神遊天外的樣子。

劉嘯被黃星的樣子嚇了一跳，趕緊跑過去，倒了一杯水，「黃星大哥，你氣色不太好啊，是不是病了？」

「唉……」黃星重重地嘆了口氣，才把目光收回來，滿臉的落寂，「這回我完了！」

「怎麼回事啊？」劉嘯一臉關切，趕緊詢問著：「到底怎麼了？出什麼事了嗎？」

「Timothy跑了！」

「跑了？」劉嘯有點意外，不過看黃星這樣子，也沒敢多問，只是安慰著：「跑就跑了，咱們再抓就是了！」

「要是僅僅是跑了，那倒好了！」黃星又是一聲嘆氣，說不出話來。

「呃……」劉嘯這下倒有點摸不著頭腦了，難道Timothy逃跑之餘，還給了黃星什麼打擊不成，不然他不會消沉成這個樣子啊，「黃星大哥，到底怎麼回事，你倒是說清楚啊！」

「唉……，兩小時前，Timothy突然出現在我們監控的社區內，我們的偵察員清楚看到了他的面目，Timothy回到那個帳號所在的房間內，待了兩分鐘就出來了，然後驅車離開社區。我們的偵察員隨後進入那個房間，發現房間內的電腦開著，上面所有的資料都被清除乾淨，桌上留了一張字條，上面寫著『你們別在外面守了，我不會再回來了！』」黃星在大腿上狠狠一捶，「當時Timothy並沒有離開多長時間，而且還有我們的偵察員在尾隨著，我意識到布控失敗後，一邊通報上級，一邊就下令追捕Timothy。」

「負責尾隨的偵察員接到命令，剛準備動手，就在路口突遭紅燈，和側面來的一輛車撞在了一起。海城交通指揮台半分鐘後監測到了Timothy那輛車的行蹤，然後派出大量的警力從多個方向進行合圍攔截，誰知道我們派出去的車，全被堵在了路上，他們前方的路口四面綠燈，所有的車都擠在了一起。」

「交通系統被控制了？」劉嘯當即反應了過來。

「是！我當時也是這麼判斷的，交通指揮台隨即也將交通燈的自動操作方式釋放，改為手動操作！」

「那後來呢？」劉嘯急忙問道，這簡直就像是電影裏的情節啊！

「交通指揮台將號誌燈改為手動操作的瞬間，指揮系統就癱瘓了，下面的人根本不知道號誌燈已經改為手動，任由紅燈一直紅，綠燈一直綠。缺少了交通指揮台的協調，我們也失去了Timothy的方位，讓他給跑了！」黃星往沙發裏一躺，苦笑道：「為了抓捕一個Timothy，整個海城被搞得雞飛狗跳，交通徹底癱瘓，更發生了多起交通事故，數十人傷亡，現在上面已經派人過去全面調查此事，我被停職了！」

「海城十分鐘！」劉嘯的腦子突然就冒出了這個詞，這完全就是海城事件的翻版，劉嘯快步走到窗戶跟前，往外一看，果然，大樓下面的路口，東西方向暢行無阻，而南北方向排起來的車龍，根本看不到盡頭。

「這麼嚴重！」劉嘯有點吃驚，「這Timothy到底想幹什麼？」

「唉……」黃星又看著天花板，「打了一輩子鷹，最後讓鷹給叨了眼。Timothy算是讓我長了見識，以前我抓過的駭客成百上千，可從沒碰到過這麼厲害的駭客組織，是我低估了駭客的能力啊！」

「Timothy絕不是一般的駭客！」劉嘯皺著眉，「他背後的那些同夥，也不是一般的駭客，你也不要太自責，誰都有失手的時候！」

「我不甘心啊！」黃星順勢直接躺倒在沙發裏，拿警帽遮住臉，也看不到他的表情。

「沒事了！」劉嘯過去拍了拍他，「他一個老外，目標那麼明顯，再跑也跑不出海城去，抓住他是早晚的事，有了這回和他交手的經驗，下次要抓他，就有了防備！」

「現在有人去抓他，和我無關了！」黃星說得含含糊糊的，「我終於可以睡個好覺了！」

「人是從你手底下跑的，我不信你能睡得著！」劉嘯把黃星拽了起來，「還是起來商量商量，看有沒有辦法再把他找出來！」

「我是沒轍了！」黃星嘆著氣，「我的線索都是從你這裏得到的，看現在的情況，你也不可能知道Timothy的下落，還能有什麼辦法啊！」

「那也不一定！」劉嘯捏著下巴，「我總覺得今天的這事有點怪。你想想看，Timothy以前都是躲躲藏藏，生怕把自己暴露了，為什麼今天他突然反其道而行之，明目張膽，甚至是驚天動地逃跑呢？或許逃跑這個詞用在Timothy身上並不合適，不過我就是想不通，他為什麼要這麼做，這裏面會不會有什麼目的？」

「你是說，他今天這麼做是故意的？」黃星看著劉嘯，「而不是被我們的追捕給逼的？」

「我只是猜測！」劉嘯咬了咬嘴唇，「既然他知道自己被監控了，為什麼還要出現呢？他完全可以像以前那樣，秘密地消失，讓你們布控再次失敗！」

「那他這麼做有什麼目的呢？」黃星反問，「向我們示威？或者是借此證明自己的能力？」

「我不知道！」劉嘯直搖頭，「我只能從駭客行為的角度去分析，可Timothy今天的行為已經超出了駭客行事的規則！」

黃星覺得劉嘯說的很有道理，Timothy今天的行為確實有點奇怪，可皺眉琢磨了半天，他也沒想出原因，只好作罷，「算了，想了也白想，現在這事由上面派的專案小組負責呢！」

「呵呵！」劉嘯笑著站了起來，「言不由衷！你要是真放棄了，就不會到我這裏來了，你來還不是想從我這裏得到點線索嗎？」

黃星擺擺手，「我就是心裏不爽，想找你說說！」

「對了！」劉嘯突然想起一件事，「海城不是建立了網路風險應急機制嗎？那個應急中心今天怎麼沒有反應呢，按照應急機制，不會發生這麼大騷亂的啊！」

「別提了！」黃星皺眉，「海城事件後，上面認為應急機制本身存在缺陷，所以回應中心到現在都還沒有正式運作！」

劉嘯大汗，看來今天造成這麼大的損失，自己多多少少也有責任，得想個辦法把Timothy抓到才行，不然真的對不起今天下午遭到損失的那些人了。

黃星的電話此時突然響了起來，一看來電顯示，黃星刷地站了起來。

「我是黃星！」然後就聽他一陣「是是是！我馬上就到！」

「怎麼了？」劉嘯等黃星掛了電話，趕緊問道。

「上面派的專案小組到了，叫我過去彙報情況！」黃星把警帽一戴，「我先走了，你要是有什麼線索，就第一時間通知我！」

「好，我知道！」劉嘯點頭應著，把黃星送出門去。

再回辦公室，劉嘯就坐在那裏發愣，這Timothy到底想幹什麼呢？他明明可以不被暴露，為什麼還要選擇和網監硬碰硬地幹呢，這裏面絕對有問題，這不符合邏輯，也不符合駭客的行為！

「有問題啊，絕對有問題！」劉嘯站起來在屋子裏踱著圈，這傢伙千里

迢迢、費盡心機潛入國內，又東躲西藏了這麼久，難道就是為了今天出這個風頭嗎？

劉嘯是個駭客，他很清楚駭客，其實駭客出手的機會並不多，所以每次出手，必然都是有的放矢，從來都不會盲動，Timothy今天的行為雖然超出了駭客行事範圍，但也肯定不是盲動，這傢伙一定是有目的的。只是劉嘯想不出Timothy這麼做除了能出點風頭外，還能得到什麼別的東西。

這個問題劉嘯這幾天其實一直都在思考，踏雪無痕的話早有暗示，Timothy背後有個集團，而且實力非同一般。

「一幫子絕頂駭客聚到一塊能幹什麼呢？」劉嘯站住了腳步，這就很難說了，駭客的能力是很難按照常規思維來考慮的。

劉嘯意識到這事有點非比尋常，他收拾了東西，跟大飛打過招呼，直接就蹿回家裏，一路上，他還看見到處都是交警在維持交通秩序。

「師父，在不在？有急事！」劉嘯一回家打開電腦，就給踏雪無痕發去了訊息，然後坐在電腦前焦急地等著回信。

踏雪無痕這次出現的很慢，大概過了快半個小時，他才上線，「來了！」

「Timothy今天動手了！」劉嘯趕緊回覆。

「我知道！」踏雪無痕一點也不奇怪。

「我覺得很奇怪，有點想不通，所以上來問問你，Timothy這麼做到底想得到什麼呢？」劉嘯也沒空來虛的，把自己心裏的想法都說了出來。

「我剛才就是在分析這個事，現在已經有結果了！」

「什麼結果？」劉嘯倒是有點納悶了，「師父你到底是做什麼的？怎麼你好像什麼都知道！甚至連網監都控制不了的事，你也知道！」

「我做什麼的並不重要，Timothy要做什麼才重要！Timothy今天這一動，算是把他的底全給交代了！」踏雪無痕發來個笑臉，「他來中國的目的我已經摸清楚了，他的那些同夥我也摸清楚了，Timothy這次是有來無回了！」

劉嘯只好按捺住心裏的疑惑，「師父你說說，Timothy這樣做到底是為什麼？」

「Timothy離開RE & KING之後，被吸收進了一家網路間諜機構，這個機構專門從事情報收集。這次他們盡遣高手來到國內，是受了高額委託，來收集一些資料！」

劉嘯一下就反應了過來，「你是說，Timothy今天故意招搖過市，是為了收集資料？」

「沒錯，Timothy今天這麼做，就是在搜集資料，他想知道海城市政府能在多長時間內意識到自己的市政系統是遭到了駭客的控制，多長時間能拿出應急方案，在應急方案失效後，駭客的攻擊會對海城造成多大損害，多長時間能恢復正常，海城的市民在突發事件來臨時，會有什麼反應，會不會引起恐慌騷亂。Timothy今天拋磚引玉，就是要得到這方面的真實資料。」

「為了得到資料，這傢伙就不惜製造了一場人為的危機，真是喪心病狂啊！」劉嘯怎麼也沒想到會是這麼回事，這根本就不是駭客行為了。

「這些資料都是很難類比推算出來的，世界上有很多互聯網發達國家曾做過多次模擬試驗，甚至不惜誘惑或者唆使駭客去攻擊別人的市政系統，但都沒有得到一個真實的資料！不過也好，今天的事情，正好給國內的那些自認為天下太平、高枕無憂的人狠狠上了一課！」

「那是誰委託Timothy他們做的？」劉嘯問道，「他們要這些資料幹什麼？」劉嘯開始擔心了起來，用腳趾頭想，都知道要得到這種資料的不是什麼好人。

「這些已經不重要了，因為Timothy他們已經回不去了，這些資料也沒有機會再送到雇主的手裏了！」

「你要對他們下手？」劉嘯有點吃驚。

「我下什麼手啊？這是國安和網監的事，要下手也是他們下手！」

劉嘯皺眉，「網監他們根本就摸不著對方的邊！」

「他們以前抓的都是弱羊，現在頭一回碰上這麼個惡狼，就有點不知所措了！」踏雪無痕繼續發來那標誌性的笑臉圖示，「不過沒關係，只要給他們提個醒，等他們回過味來，收拾Timothy之流的能力還是有的！」

劉嘯笑著，這他就放心了，於是回覆道：「那我就不耽誤你的時間了，你趕緊去提醒他們吧。真是沒想到，Timothy他們竟然是網路間諜，太可怕了，我只是聽說過，這也是頭一次碰上，看來自己的見識還是有點小！」

事情弄清楚了，劉嘯也就沒必要再糾纏踏雪無痕。

「我要是有空去提醒他們，還跟你廢這些話幹什麼？」踏雪無痕發過來個生氣的表情，「我有事先忙去了，線索我給你發過去了！」說完，踏雪無痕的頭像就黑了。

劉嘯關掉ＱＱ，發現自己桌面上多了兩個東西，一面刺眼的小軍旗，另

外是一個檔案夾，打開看，裏面是十多個人的照片，這些照片有的像是截取的，有的像是專門拍攝的。

照片上的這些人，絕大多數都拿著相機以及一個記錄牌，躲在路邊車裏或者角落裏，他們的旁邊，就是海城市的各個路口，從照片上看，有的路口已經發生了交通事故。只有三張照片上的人不在路口，其中一張就是Timothy的照片，劉嘯猜這幾個人一定就是暗中操縱海城交通指揮系統的幕後高手了。

「靠，反正通風報信也不是這一回了！」這次的事情確實有點嚴重，由不得劉嘯猶豫了，他一咬牙，把這些照片都複製進隨身碟，然後就開始撥黃星的電話。

連撥好幾通，黃星都沒接，最後，黃星終於接了，不過聲音很低，「劉嘯，你幹什麼呢，有事一會兒再說，我現在正挨訓呢！」

「我的事更重要，你現在在哪兒？」劉嘯問道。

「海城市公安局！」黃星說。

「我馬上就到，你在那裏等我！」劉嘯掛了電話，直奔公安局而去。

海城市的公安局劉嘯可是去過好多趟了，熟門熟路，過去之後一找，就在一間會議室找到了黃星。黃星正站在最裏面，面朝著門，站在那裏挨訓呢！

劉嘯敲了門。黃星看見了劉嘯，跑過來一拉門，「我馬上就開完了，你等會兒！」說完就要關門。

劉嘯把腳往門縫一伸，「有Timothy的線索了，很重要！」

「真的假的，你不要謊報軍情啊！」黃星大眼瞪著劉嘯，有點懷疑，網監這邊是一點線索都沒有，這劉嘯怎麼就一會一個線索，一會一個線索呢。

「讓他進來說吧！」會議室的最裏面突然傳來聲音。劉嘯扭頭去看，發現說話的正是那個讓自己很頭疼的人，黃星的上司——姓方的坐在最裏面。

黃星有點意外，將劉嘯放了進來。

「請坐！」姓方的站起來，指了指一旁的座位。

他這一下讓會議室的所有人都有點意外，屋子裏坐的全都是警界的大人物，如此高級別的會議，就連黃星都沒坐的份呢，現在竟然讓一個毫不相干的外人進來，還很客氣地讓座，一些人便揣測著劉嘯的來歷身分。

劉嘯一擺手，「不坐了，我說完就走！」說著就掏出隨身碟，往黃星手裏一遞，「這是你要的線索！」

「什麼線索？」會議室沒電腦，黃星拿著隨身碟也看不出上面是什麼。

「是Timothy和他同夥的照片，如果抓緊點，或許還能在照片拍攝的地方找到他們！」劉嘯說。

「用我的電腦！」姓方的一彎腰，從地上拎起一個電腦包，把一台非常小巧的筆電擺在了會議桌上。

黃星快步過去，把隨身碟插上，打開了裏面的照片，會議室的大人物們都擠在電腦前面圍觀著！

「這是什麼時候拍攝的，這些人在做什麼？」姓方的看著劉嘯。

「就是在你們剛才追捕Timothy的時候拍下來的，這些人分佈在海城的各大主要交通路口，記錄著一些資料！」劉嘯看著那些人，繼續道：「這是一個網路間諜組織，他們精心策劃了很久，利用Timothy逃避追捕為幌子，來掩蓋他們搜集資料的事實。他們想要知道海城市政府在應對網路危機方面的反應能力和措施，看你們多長時間能意識到自己遭到了網路危機，會有什麼樣的應急方案，方案失敗後會造成什麼樣後果，持續多久，是否會引發城市騷亂等等。」

劉嘯話一出口，屋子裏好幾個人驚訝得嘴巴都張大了。

姓方的一皺眉，道：「立即分析這些照片上的位置，派距離最近的警員迅速趕赴現場，搜索照片上的人物。注意，找到之後不要擅自行動，密切監控，等待命令！」

「等一等！」劉嘯打斷了對方的安排，「對方可能監控了警方的網路或者電話，你們最好採用人工通訊，或者是備用通訊方案！」

「立即啟動備用通訊方案！」姓方的不假思索下達了命令，然後繼續道：「命令海城公安局派出所有警力，全城搜尋照片上的人物，注意，要暗中進行，不要打草驚蛇。所有空港、車站、碼頭以及出城的所有交通路口，都要加強盤查，防止對方出城！」

「黃星！」姓方的說完又看著黃星，「加強網路監視的強度和力度，任何蛛絲馬跡都不能放過；另外，你馬上去聯繫海城市國安局，讓他們立刻派人，全力協助和支援這次的搜尋行動，絕不能放走一個！」

「是！」會議室裏的人迅速分工，「嘩」一下全出去忙了，會議室裏只剩下了那姓方的和劉嘯。

「坐吧！」姓方的從會議桌後面走出來，笑呵呵地指著劉嘯身邊的椅

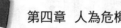

子。

「我要說的都說了，公司還有事，我就先走了！」劉嘯看著姓方的，「希望你們能早點抓到這幫人！」

「那就稍微耽誤你一會兒時間吧！」姓方的還是笑著，「我有些事情想問你！」

「如果又是要說我是什麼雁留聲，還有Wind的人之類的話，那就不用說了，我已經說過好幾遍了，我根本就不認識他們，聽都沒有聽說過！」

「這些照片你是從哪裡得到的？你該不會說是你自己拍攝的吧？呵呵。」

「沒錯，就是我拍攝的，如果你認為我有什麼罪過，那就像上次那樣，把我扣了吧！」劉嘯也懶得和對方解釋了，再磨磨纏纏的，又得扯出踏雪無痕了。

「你不要激動，我問這個問題，並沒有任何的惡意。」姓方的說：「不管這些照片是誰拍攝的，你能第一時間跑來向我們提供這些線索，我們非常感謝你！」

姓方的說完，往椅子上一坐，嘆了口氣：

「說實話，你的情報讓我們感到非常地慚愧。一個網路間諜組織在我們的地盤上明目張膽地搞這種間諜行為，而我們事先一點察覺都沒有，甚至還讓對方牽著鼻子走。事情發生後，我們反應更是遲鈍，要不是你的情報，或許我們現在還被蒙在鼓裏，到最後怕是又要按照常規思維，把今天的事情當作罪犯逃脫抓捕行為來處理！如果真是這樣，就會讓這夥人輕鬆跑掉，讓這些資料落入他人之手，那時候我們就真的是罪不可赦了！」

劉嘯看著姓方的，對方的這話讓他有些意外，劉嘯接觸過很多官老爺，都是一錯到底的主，明明是自己錯了，卻打死都不會承認，反而把一切的錯誤都歸咎到老百姓的智商和不聽話上。看姓方的架勢，官職也絕對不會低，此刻能如此誠懇地向劉嘯說這番話，倒也算是難得。

劉嘯道：「老虎也有打盹的時候，我是做安全的，也沒想到駭客群裏還有這麼一種駭客！」

「誰都可以打盹，但我們不可以啊！」姓方的一臉嚴肅，「自從我幹上這行的那一刻起，我就不知道什麼叫做打盹，可即便如此，還是出了如此大的簍子。我們面對的都是不折不扣的天才，一絲的大意，就意味著國家和人民將會遭受重大的損失。這麼大的責任壓在肩頭，怎麼可能睡得著呢！」姓

方的苦笑。

劉嘯無語，看來這些人遠沒有表面那麼風光。劉嘯找了個椅子坐了下去，「你們也挺辛苦的！」

「怎麼樣？有沒有興趣和我們一起幹？」姓方的看著劉嘯，「我可是非常有誠意地邀請你！」

劉嘯搖頭，道：「算了，我沒有那本事！」

「何必自謙呢，黃星已經給我彙報過了，你能潛入電信網路輕而易舉拿到客戶的資料，這已經足見你的水準之高了。你考慮考慮吧，我們非常缺乏你這樣的人才！」

劉嘯還是搖頭，「能做到這點的人很多，不止我一個。再說，我的興趣並不在這裏，我只想做好軟盟，做好安全！」

「我們的工作同樣充滿了挑戰，並不比軟盟的工作遜色。你想想，我們每天面對的都是絕頂的駭客高手，比Timothy他們還要厲害百倍的駭客都有，而你在軟盟，或許一輩子都不可能有和這種高手較量的機會。在這裏，你每時每刻都不會枯燥！」姓方的還在做著努力，「這可比消滅幾個病毒要有意思多了！你這樣的技術放在軟盟有點屈才了，應該做點更有意義的事！」

能夠每天都和高手較量，確實讓劉嘯有點心動，但姓方的說在軟盟做的事沒有意義，讓劉嘯有點不舒服：「我覺得軟盟的工作也很有意義，雖然它可能沒有你們的工作那樣責任重大，但收益更為廣泛，它推動的是全球互聯網的安全進程，宣導的是消滅互聯網中一切不安全的隱患，其中也包括你們要打擊的對手。我今天之所以來給你提供線索，一是我不會讓別人在我們的地盤上橫行無忌；第二，這也是我的工作，是我的責任！」

「我不是說軟盟的工作沒有意義，你誤會我的意思了，我只是覺得你這樣的人才，應該到最需要你的地方去！」

「軟盟現在也需要我，我不會離開軟盟！」劉嘯堅定地說道。

「呵呵，看來我今天是無法說服你了！」姓方的站起來，嘆了口氣，「也罷，我也不勉強你，希望你回去後能再考慮考慮，我們的大門隨時向你敞開！」

姓方的說完，從自己的兜裏掏出一張名片，遞給劉嘯，「今後如果有什麼事黃星解決不了，你可以撥這個號碼！」

劉嘯接過去，發現這個名片很奇怪，感覺比一般的名片要厚一點，材質

也很奇怪，不是紙質的，上面除了一個名字和一個電話號碼，什麼多餘的東西都沒有，甚至連標識都沒有。

「方國坤？」劉嘯念著上面的名字。

「你叫我老方就可以了！」姓方的笑著，看來這應該就是他的大名了。

「好，我知道了！」劉嘯把那名片裝好，然後道：「那我就告辭了！」

「再次謝謝你的這份情報！」方國坤一伸手，「我送你！」

方國坤把劉嘯送到了公安局的大樓下，然後看著劉嘯消失了蹤影。

他的那個跟班不知何時突然出現在他的背後，「頭！」

「怎麼樣？」方國坤頭也不回，問道。

「我去瞭解過了，自從上次過機場安檢出事後，劉嘯就在自己電腦上設置了獨特的資料加密系統，發送出來的訊息都是加密的，而且他每週都會更換一次加密方式，我們的破解進度跟不上，現在還沒有找到任何他和Wind有關係的線索。」跟班答道。

「這小子思維縝密，天生就是幹我們這行的料，可惜了啊！」方國坤一轉身，朝大樓內走去。

跟班緊跟著他，「頭，你不是說咱們不動Wind的人嗎，咱們現在監控劉嘯，萬一被雁留聲知道了，豈不是……」

「要是劉嘯根本就不是Wind的人呢？」方國坤站住，看著自己的跟班。

「不是Wind的人？」跟班十分不解，「那他怎麼會知道Timothy是網路間諜組織的人？」

「你發現沒有，一連兩次，在Timothy的情報上，劉嘯的消息都比Wind的要快上一些。」方國坤看著大樓外面空蕩蕩的場地。

「你是說，劉嘯的背後，還有另外一個不遜於Wind的組織？」跟班的問。

「這就是我們要弄清楚的問題！不管有沒有這個組織，也不管這個組織有何意圖，我們的職責不允許有這麼一個可能存在的組織游離於我們的監控之外！」方國坤一臉嚴肅，「這次的Timothy事件就是個教訓，我不允許這樣的事情再次發生！」

「是！我會儘快查清楚的！」

「小心進行，不能讓劉嘯有一絲的察覺！」方國坤說完，直接上樓。他的那個跟班隨即消失在大樓裏，也不知道幹什麼去了！

第五章　報復行動

「我們已經做了萬全的防備，他們應該不會把此次的事件和你聯繫到一起，但安全起見，你還是得小心點！」黃星一臉嚴肅，「我想他們很有可能會對軟盟展開報復！」

「沒事！」劉嘯笑說，「讓他們儘管放馬過來好了！」

Timothy的事件對劉嘯震撼很大，網路間諜他早就知道，不過在劉嘯想來，網路間諜應該和駭客差不多，駭客是為了檢測安全而入侵，而網路間諜是為了獲取機密資料進行入侵，兩者的目的不同，但手段應該是相同的。可今天的Timothy事件卻告訴劉嘯，網路間諜的要獲取情報資料，不一定只依靠入侵，入侵不再是他們的手段了，而只是他們的一個起點。

這讓劉嘯覺得自己成立網情部更有必要，打擊網路間諜的行為，雖然是網監和國安的責任，但作為安全人，也有一定的義務。

「唉……」劉嘯嘆著氣，「要是自己能夠像踏雪無痕那樣就爽了，任何風吹草動，都逃不出他的監控。踏雪無痕一定有著自己的網情監控系統，他到底是幹啥的呢，既然不是網監國安，那為什麼要監控這些事情呢。」

踏雪無痕身上的謎太多，劉嘯反正也搞不清楚，索性不去想。

回到公司，正是休息時間，一大幫人正圍在休息區的電視前七嘴八舌地辯論著，商越大概是還沒融入公司的氛圍，自己一人坐在辦公桌前看著劉嘯的那份網情部意見報告。

「看什麼呢？這麼熱鬧！」劉嘯笑著走過去。

「看新聞呢，你也來看看，這海城交警隊的隊長估計又得換人了！好幾起交通事故，傷亡數十人，到現在還有好幾個路口還堵著呢！」大飛撥開眾人，要把劉嘯往電視機前拉。

「這事我知道了！」劉嘯說。

「你說海城今年到底怎麼了？前幾個月就出了個海城事件，鬧得全城大亂，市政府說那是搞什麼網路演習，今天這事恐怕不會再是演習了吧？」大飛分析著。

其他人紛紛附和，「不可能，演習哪有這麼大損失，要是市政府敢這麼說，那些交通事故受害人還不得拆了市政府啊！」

「劉嘯，你也分析分析！」大飛看著劉嘯。

「我還是等市政府的公告吧，禍從口出，我可不敢瞎分析！」劉嘯走開了。

「切……」大飛極度不屑，朝劉嘯的背影罵道：「搞那麼緊張幹嘛！大家就是覺得這事奇怪，想知道知道原因而已嘛！再說，現在也沒事做，大家分析分析，娛樂一下罷了，扯得上禍從口出嗎？」

「傷亡那麼多，很值得娛樂嗎？」劉嘯一聽，轉過身來看著那幫人。

這下眾人都沒語言了，臉上的笑容也沒了。

「散了散了，大家都忙別的去吧！」大飛一擺手，把聚在電視機前的人都轟散了，起身看著劉嘯，不知道劉嘯這是哪裡來的火。

一下午，劉嘯都沒進實驗室，而是在辦公室裏寫檔案，他考慮要把即將成立的網情部的職能進一步擴大，不從國家安全的角度，而是從網路安全、甚至是生命安全的角度出發，盡可能搜集一切潛在的恐怖網路襲擊的線索。

想要根除網路間諜的活動不切實際，但劉嘯想盡可能地阻止類似今天的事件再發生。在海城事件後，劉嘯一直在反思自己的行為，在發動攻擊的那一刻，劉嘯根本就沒想到會造成那麼大的危害和影響。能讓整個城市停止十分鐘，上千萬人口的正常活動被限制，除了突如其來的網路襲擊，沒有任何武器可以辦到。

這次海城的交通大混亂，特別是造成的那些傷亡數字，讓劉嘯心裏害怕不已。如果……當時海城事件也有無辜的人失去了生命，劉嘯甚至不敢想像自己這輩子還會不會再有勇氣去摸鍵盤。

晚上回到家，劉嘯給踏雪無痕發去消息，在網情監控方面，軟盟沒有任何經驗，也根本不熟悉網路間諜圈，他希望能得到踏雪無痕的幫助。

可令人意外的是，踏雪無痕今天竟然沒有及時上線，劉嘯坐在電腦前等到了深夜，踏雪無痕也沒有發來消息。

劉嘯嘆了口氣，大概是踏雪無痕不願意幫自己這個忙，所以才不肯露面。劉嘯不願意就這麼放棄，他把自己為什麼要成立這個網情部的原因給踏雪無痕發了過去，然後跟懺悔似的，一遍一遍給踏雪無痕發著消息，一直到發到自己在鍵盤上睡了過去。

天亮的時候，劉嘯從鍵盤上爬了起來，第一件事還是趕緊看消息，踏雪無痕依舊沒有回。

劉嘯苦笑著站了起來，看來一切都得靠自己了，踏雪無痕不肯幫自己，肯定有他的原因，自己也不能強人所難。

劉嘯匆匆洗了把臉，就出門趕往公司。

剛進公司的大樓，就有人從劉嘯的背後按住了劉嘯的肩膀。

劉嘯回頭去看，卻是黃星，「黃星大哥，是你啊，有事嗎？咱們上去公司說吧！」

「不了！」黃星搖搖頭，「幾句話說完就走了，還有一大堆事要我忙呢！」

「那說吧！」劉嘯走到大廳比較僻靜的一角。

「Timothy他們被抓住了，一個都沒跑！」黃星低聲說道。

「這麼快？」劉嘯咂舌，這次警方的效率可真高。

「今天凌晨的行動，Timothy他們被一網打盡了，我過來就是要告訴你這個好消息！」黃星說道。

「咳……，電話裏說一聲不就行了！」劉嘯擺擺手，心想這黃星真夠麻煩的。

「電話裏怎麼行！」黃星拍拍劉嘯的肩膀，「我得親自過來，向你道一聲謝，謝謝你的線索，是你的線索給了我一個將功補過的機會！」

「還有別的事嗎？」劉嘯看著黃星，「沒事我可就上去了，我還以為多大的事呢！」劉嘯擺擺手就準備上樓，他最受不了的就是別人跟自己客氣。

「等等，還有一件事！」黃星一把扳住劉嘯的肩膀，「Timothy雖然被抓住了，但他們的組織還在，這次在國內栽了這麼一個跟頭，我想他們肯定暫時不會來國內活動了，但你得提防點。」

「提防什麼？」劉嘯一愣，「你說他們有可能會報復我？」

「我們已經做了萬全的防備，他們應該不會把此次的事件和你聯繫到一起，但安全起見，你還是得小心點！」黃星一臉嚴肅，「我想他們很有可能會對軟盟展開報復！」

「沒事！」劉嘯笑說，「讓他們儘管放馬過來好了！」

「好，我也得走了！」黃星看劉嘯一副自信的表情，心裏也好受了一些，「有什麼事就給我電話！」

劉嘯上樓到了公司，發現人還沒有來齊，商越倒是來了，正在電腦上敲打著。

「商越，你過來一下，我有事和你說！」劉嘯說完，準備進辦公室，大飛此時剛好進公司，劉嘯又道：「大飛你也來一下，有事商量！」

「什麼事這麼急啊！」大飛看著劉嘯。

「到我辦公室再說吧！」劉嘯說完，轉身打開了自己辦公室的門。

「是不是又出什麼事了？」大飛看劉嘯面色有點不對，趕緊跟在劉嘯後面。

看商越和大飛都坐下了，劉嘯道：「我找你們倆個來，還是要談一談咱們那個網情部的事，事情有些變化，我覺得咱們的網情部應該建立在更深的層次上。」

「更深的層次？」大飛和商越看著劉嘯，沒有明白他的意思。

「昨天你們不是還在分析海城交通系統發生大混亂的原因嗎？」劉嘯看著大飛，「我現在可以告訴你，那不是演習，是真實的網路襲擊！」

昨天警方還在布控，劉嘯不敢洩露消息，現在Timothy他們被抓住了，劉嘯也就不忌諱了。

「不會吧？」大飛立時蹦了起來，「你是說，海城的交通系統被人襲擊了？」

劉嘯點了點頭，「事實就是這樣！」

「這怎麼可能呢？」大飛不敢相信，「誰會那麼大膽？這太瘋狂了，整個海城都被弄亂了！」

「是誰做的已經不重要了！」劉嘯頓了頓，「海城發生這麼嚴重的網路襲擊事件，是海城市府的失職，也是咱們海城安全界的恥辱，所以我想，咱們的網情部成立之後，除了從蛛絲馬跡中分析病毒木馬的未來趨勢，還應該增加對這些網路暴徒的監控，不要再讓昨天的事情發生。」

「你想法是很好！」大飛一攤手，「可這不是咱們的責任啊！對付那些網路暴徒，會有政府和網監去管，根本輪不到咱們，咱們只要做好自己的生意就行了！

「你覺得這樣做是多管閒事嗎？」劉嘯反問。

大飛聳聳肩，「是！你可以說發生這樣的事，咱們安全人有責任，但你要知道，海城市府的安全不是咱們軟盟做的，咱們只要對自己的客戶負責，做好客戶的安全，就算是盡了自己的責任；至於市府的網路安全，自然會有別人去負責。這個世界有一個詞，叫做『各司其職』，你沒必要把什麼事都往自己身上攬！」

劉嘯無語，他找大飛來，是想看能不能一起商量個辦法，把這事運作起來，誰知道大飛會這麼排斥，當下不知道該怎麼去說。

劉嘯很鬱悶，為什麼這事就這麼不順呢，踏雪無痕不肯幫自己也就算了，一向志同道合的大飛也不肯幫忙。

大飛站起來，「如果你找我就只是說這事，那就算了，我不會同意的！你執掌軟盟以來，搞了多少大手筆的改革，我全都支持，但這事我不能同意。咱們得為軟盟上上下下的員工負責，我不會由著你胡來！」

「這怎麼是胡來？」劉嘯不能理解，「你為什麼就這麼反對呢?!」

「原因很簡單！」大飛看著劉嘯，「做這事沒有盈利，永遠都沒有！而且還會沾上一大堆的麻煩，前幾天我們的產品和網站遭到攻擊，你敢說這事和你沒有關係！」大飛瞪著劉嘯。

劉嘯頓時啞了，這是事實，沒法反駁！

「雖然你不說，但我大飛有眼睛有腦子，我明白是怎麼回事！你可以無所謂，你不怕麻煩，但軟盟不行，軟盟的客戶也經受不住這樣的折騰！」大飛看著劉嘯，「你醒醒吧，你現在手裏握著的是一個企業，好多人的命運掌握在你手裏，這不是你耍英雄的地方！」

大飛說完，摔門走了！

劉嘯坐在椅子裏，半晌沒有說一句話，大飛的話猶如一盆兜頭澆下的冷水，讓他從頭涼到了腳！

「你是不是也認為我這樣做有點可笑？」劉嘯看著還坐在那裏的商越。

「我…我……」商越咬著嘴唇，想了半天，也沒把話說出來。

「好了，你去工作吧！」劉嘯示意商越可以走了，「我要一個人好好地想一下！」說完，劉嘯閉上眼，靠在椅背裏，仔細想著大飛剛才的話。

商越站起來看著劉嘯，又咬了半天的嘴唇，才鼓足了勇氣：

「其實……其實你不是一個不負責任的冒險者，你這麼做，是想對更多的人負責，你沒有私心，也沒有想著要去耍英雄，甚至都沒想到去要回報，我知道……」商越說完，走了出去。

劉嘯深深地嘆氣，或許大飛說的是對的，人應該各司其職才行，做企業就去做好自己的企業，何必把網監的職責往自己身上攬呢。只是劉嘯有點不甘心，網路間諜如此肆無忌憚地在網路裏發動著各式襲擊，時時威脅著一切的安全，作為一個安全人，難道自己就這麼不聞不顧嗎？難道就因為怕惹上麻煩、怕沒有利潤，就對這群網路暴徒的所作所為視而不見嗎？

劉嘯咬了咬牙，不會的，吳非凡的事情就是個明證，如果自己當時因為怕麻煩而退縮，因為沒有利益而放棄，也許到現在網監也無法把這幫人揪出來。

在劉嘯看來，每個從互聯網得到了好處的人，都應該為她的安全和持續生存負責，像軟盟這樣的安全機構，完全依附於互聯網生存，所有的利益都來自網路，如果連他都不肯為互聯網付出，那還能指望誰呢？

劉嘯拉開辦公室的抽屜，裏面是自己昨天下午寫的那份文檔，本來是想今天和大飛討論的，現在看來沒有必要了，不是每個人都和自己想得一樣。

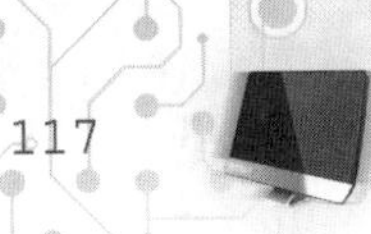

大飛沒有錯，自己也沒有錯，每個人考慮問題站的立場不同，得出的結論也就不一樣，這個世界本來就是個多元化的社會。是自己把問題考慮得簡單了，自己去做自己認為對的事情，沒有理由強拉著其他人也這麼做。

「唉……」劉嘯嘆氣，把那報告又扔回到抽屜裏，站起來走到窗戶邊眺望著外面，眺望著這個熙熙攘攘、繁花似錦的城市，大街上的交通已經恢復了正常，通行有序。

此時有人大概會開始慶幸了，慶幸海城又一次大難不死，可劉嘯卻在擔心，擔心如此滯後的安全狀態，到底能應付幾次網路襲擊。

許久之後，劉嘯又坐回到辦公桌前，再次從抽屜裏拿出那份文件放在桌上，他決定了，不管別人是什麼態度，既然自己認為做這件事有必要，那就應該把它做下去，軟盟不做，那就自己去做好了。

除了安全機構的風險預警外，還有許多的民間預警發佈平臺，就像當時自己在終結者論壇發佈病毒預警一樣，效果雖說是小了點，但只要有一個人受益，那預警就算是起了作用。

劉嘯鄭重其事地在那份文件上簽了自己的名字，然後苦笑著把它收了起來，這一次，自己又得一個人去戰鬥了，或許這是最好的方式，不會威脅到任何人的利益，也不會給軟盟帶來麻煩。

劉嘯甚至想到了將來，如果真的把這個監控系統做成了，那自己就不能用「留校察看」這個ＩＤ去發佈監控到的資訊了，現在誰都知道留校察看就是自己。

劉嘯突然想到了上次電信發佈會時自己聽來的那個「風神」，事後劉嘯還特別搜索過關於這個風神的一切資訊，除了那個關於流程式的言論外，那個風神還有其他幾個瘋狂的構想。他設想要把全世界所有的電腦聯繫在一起，構成一個史上最大的計算序列，將人類的計算能力無限提高，攻克現有的科學計算難題，將人類進步的速度加快。

他認為微型電腦的發展方向會導致互聯網走進死胡同，未來的電腦應該朝著巨型電腦發展，巨型到一台電腦就可以滿足全世界人的所有計算需求。

他設想未來會出現智慧電腦，但智慧電腦的核心不是電子元件，也不是生物晶片，而是各式各樣具有專業用途的「人造人腦」，屆時電腦會和正常人一樣，有感情有思想會呼吸，可以對世界上所有的事物都做出辨別和判斷。

風神的這些「專業論文」，寫得就和科幻小說一樣，劉嘯也認為風神的

言論太過於荒誕無稽，甚至認為現實中的風神根本就是個不懂電腦的電腦白癡，或者是一個患有極度幻想症的精神病人，但劉嘯很佩服風神那種「世人皆醉我獨醒」、「放眼全球，唯吾獨尊」、「我就是真理」的病態心理。

「那我就叫風神吧！」劉嘯坐在椅子裏笑道。就算別人都把自己當瘋子看，自己也會把認為對的事堅持下去，以前他曾經放棄過很多東西，但從接手軟盟的那一刻起，劉嘯就把放棄這個詞永遠地從自己的詞典裏刪除了。

海城市府稍後終於發佈了政府公告，這次海城交通大癱瘓，是因為交通指揮控制中心的一台電腦出現程式故障導致的，政府已經處理了相關責任人，更換新的電腦和程式，海城市府會對這次事故中的傷亡人員做出賠償以及一切善後事宜。

接下來的幾天，劉嘯都是白天在公司的實驗室裏搞策略研究，晚上回家就琢磨監控系統的架構，至於要在軟盟網情部添加監控網路間諜行為分析的事情，他再也沒有在公司提過。這讓大飛很高興，他以為劉嘯終於想明白了。

Timothy事件發生後兩個星期，軟盟迎來了一件大好事。國家資訊產業部居然破天荒地要主動給軟盟頒發一塊牌匾，叫做「最值得信賴的安全合作夥伴」，這在資訊產業部是首次，這塊牌匾也是獨一無二的，國內沒有第二家安全機構有此榮譽。

軟盟上下都覺得受寵若驚，認為掛牌儀式應該搞得隆重一些，只有劉嘯表示反對，他根本就不願意讓這塊牌子掛到軟盟的門口。但反對無效，公司的例會上，所有部門的負責人以絕大多數壓倒極少數的優勢，通過了掛牌儀式的表決。

掛牌當天，軟盟把紅地毯從公司所在的樓層鋪到了大樓外一百米，寫滿了賀詞的彩球條幅掛得滿眼都是，還專門從辰瀚集團邀請了熊老闆出席。資訊產業部也派出了一位副部長前來授牌，陪同前來的還有黃星以及海城市的一些重量級領導人，可謂是給足了軟盟面子。

熊老闆按照時間，準時趕到了軟盟，可下車之後，環顧四周，竟然沒有發現劉嘯，就有點奇怪，問道：「劉嘯呢？」

大飛皺眉說：「他今天不會出現！」

「為什麼？」熊老闆很詫異。

「他反對掛這塊牌匾，所以拒絕參加掛牌儀式！」大飛顯得很無奈。

「胡鬧！」熊老闆怒道：「他是軟盟的掌門，如此重要的儀式，他怎麼可以不出現，你馬上把他給我找來！」

「來不及了！」大飛看著廣場那頭，授牌的車隊已經來了。

車隊眨眼間停在了紅地毯的那頭，熊老闆有天大的火氣也得暫時壓下，趕緊過去迎接授牌的官員們。

此時，遠在千里之外的地方，方國坤正坐在自己的辦公室裏看著文件，傳來了敲門聲，「報告！」

「進來吧！」方國坤放下自己手裏的文件。

進來的是一直跟在他左右的那個跟班。

「有什麼事？」方國坤問道。

「我們的技術人員已經完全破解了劉嘯電腦過去一段時間內發出去的資料！」

「有什麼發現沒有？」方國坤來了興趣。

「根據資料顯示，關於Timothy的那些消息，劉嘯應該是從一個ＱＱ暱稱為『踏雪無痕』的人那裏得到的！」跟班回答。

「我要確切的消息，而不要應該！」方國坤皺眉。

「抱歉！我們只監測到了劉嘯發出去的資訊，但對方發過來的消息我們根本沒有監測到！」跟班頓了頓，「我們去查了那個ＱＱ號碼，發現那個號碼根本不對！」

「詳細說說！」方國坤有些奇怪。

「對方的ＱＱ號碼是虛擬出來的，是個根本就不存在的號碼，我們無法進行追蹤，ＱＱ公司的伺服器上也沒有任何關於踏雪無痕的記錄！」跟班的嘆氣，「除非是對方想讓你跟他聯繫，否則我們根本無法聯繫上他！」

「踏雪無痕，踏雪無痕……」方國坤反覆念叨了幾遍這個名字，「我們的監控對象裏，有沒有這個人？」

跟班搖了搖頭，「沒有！」

「奇怪！」方國坤一臉驚訝，「這會是什麼人呢？」

「對方技術這麼高明，消息又如此靈通，您看他會不會是Wind的人啊？」跟班問道。

方國坤站起來，踱了幾圈，「現在還不能確定，你們繼續加強對劉嘯的監控，想盡一切辦法，務必要追蹤到這個叫做『踏雪無痕』的人！」

「是！」跟班一個立正。

「除此以外，還有什麼別的發現？」方國坤又問。

「海城事件，是劉嘯做的！」跟班道。

「什麼？」方國坤瞪大了眼睛，這有點讓人不敢相信。

「是劉嘯在發送給踏雪無痕的消息中，主動承認的！」跟班看著方國坤，繼續說道：「根據分析，這應該是劉嘯為了提醒海城市府才製造了事端，事後他有些後悔，在Timothy事件後，劉嘯準備建立自己的監控系統，防範網路襲擊事情的發生，他想請踏雪無痕給予一些幫助，對方似乎拒絕了！」

「那他的這個監控系統到底實行了沒有？」方國坤對這個比較在意。

跟班搖頭，「根據情報，他的這個計畫在軟盟一提出便被腰斬了！」

「真是有點可惜啊！」方國坤又踱了兩圈，「你剛才說的這些事情，我需要看到全部的資料，你一會兒給我送過來！」

「是！」跟班立正，就準備出去拿資料。

「等等！」方國坤出聲喊道，「在最後的報告中，我不希望看到有劉嘯製造海城事件的內容！」

跟班一愣，隨即反應過來，「是，我會處理好的！還有別的事情嗎？」

方國坤擺了擺手，「沒有了，你去忙吧！」

跟班頓了頓，又道：「今天資訊產業部的人要去給軟盟授牌，你看這事……」

「由他們去吧！」方國坤有點生氣，一屁股坐在椅子裏，「黃星已經給我彙報過這事了，他的那些上司全是一幫蠢材，一點腦子都沒有！」方國坤皺著眉，「只是這事我們不方便直接出面干預，你吩咐下去，讓我們的人密切監控ＤＴＫ組織的動向！」

「是！」跟班敬了禮，出去了。

屋子裏剩下方國坤，他也不看文件了，坐在那裏生悶氣。

軟盟的大樓前，一行前來授牌的領導下車，和軟盟的人一一握手。

黃星把軟盟的人搜索了一遍，沒有看見劉嘯，就低聲問著熊老闆，「劉嘯怎麼沒到啊？」

熊老闆只一怔，隨即打著哈哈，「他馬上就來，馬上就來！」

黃星「哦」了一聲，心裏大概知道是怎麼回事了，於是走出人堆，直接進了大樓，直奔軟盟所在的樓層而去。

公司大部分人都去樓下參加授牌儀式去了，只留下一小部分人在工作，黃星走過去，找了一個正在電腦前忙活的人，「打擾一下，我想問一下，你們劉總人呢？」

那人抬起頭，看了看黃星，然後朝實驗室所在的方向一指，道：「好像在實驗室吧，你去那邊看看！」

「謝謝！」黃星點點頭，朝實驗室走了過去。

推了一下實驗室的門，推不開，黃星便敲門說：「劉嘯，劉嘯，你在裏面嗎？」

過了片刻，「喀登」一下，門開了，劉嘯看了一眼黃星，扭頭又朝裏面走去。

黃星搖搖頭，跟著進了實驗室，「劉嘯，我想跟你解釋一下！」

「有什麼好解釋的！」劉嘯坐在電腦前，「牌子都拿來了，解釋有什麼用？」

「這可不是我的主意！」黃星皺著眉，「海城的這次交通大混亂，震動了高層，上面非常重視，在看了這件事的有關報告後，上面的某位領導就說了，要對抓捕Timothy這夥人的有功人員進行重獎！」

黃星苦笑著說：「上面有令，下面就只好照辦，你是最大的功臣，如果不給獎勵，肯定是交不了差的。我極力勸阻之下，才讓上面改變了主意，不對你本人進行獎勵，而是給軟盟頒發一塊牌匾。」

「Timothy是被抓住了，可他們的組織還在，不明不白栽進去這麼多人，他們肯定不會甘心的。就算是給軟盟掛牌子，可是他們只要把上次我洩露Timothy行蹤的事和這次的掛牌一聯繫，就知道這裏面肯定有我的事！」劉嘯恨恨地搥在桌子上。

「我們已經做了安排，我們會保障你的安全！」黃星說道。

劉嘯像是受到了極大的侮辱，騰地站了起來：

「我要是怕他們報復，當初就不會提供線索給你們，我劉嘯從來都不是一個怕事的人！如果他們是要報復我一個人，那就讓他們來吧，我怕的是他們會報復軟盟，要是因為這事而讓軟盟遭受損失，你讓我怎麼對軟盟的員工們交代？」

大飛前段時間的話，對劉嘯的觸動很大，作為一個企業的掌門人，首先考慮的必須是企業的利益。

「我們會盡力保證不讓這樣的事發生！」黃星很無奈，「請你多多理解，多多原諒！」

劉嘯擺了擺手，「你們能親自過來給軟盟頒發牌匾，這對軟盟來說，確實是件好事，我很感激，可你們總得給我一點時間吧，讓我把一切都安排好了再授牌也不遲！說授牌就授牌，萬一他們明天就報復軟盟，軟盟就成了個活靶，躲都沒地方躲！」

「唉……」黃星嘆了口氣，拉了一張椅子坐下去，「人在江湖，身不由己，我已經盡力了，可這事畢竟不是我能做主的！」

劉嘯也很無奈，但還是覺得有點不解氣，嘟囔著：「授牌是個露臉的事，你們當然積極！」

「如果因為授牌而給軟盟帶來麻煩，那我們肯定也會積極出面給予幫助的！」黃星道。

劉嘯嘆了一口氣，「我根本就不指望這個！」

黃星拍了拍劉嘯肩膀，「事情已經這樣了，你再發脾氣也沒什麼用，走吧，跟我下去。你是軟盟的一把手，授牌儀式要是沒有你參加，被媒體逮到，怕也是個不大不小的炒作話題。」

劉嘯看了看電腦螢幕，自己的工作正做了一半，他皺眉關掉電腦，「我沒說不參加授牌儀式啊，只是現在的時間根本不夠用，能擠出一點算一點，如果站在下面等儀式開始，大好的時間就給浪費了！行，咱們下去吧！」

黃星看著劉嘯關掉電腦，問道：「你這是做什麼呢？這麼忙！」

「軟盟的新項目！」劉嘯關上實驗室的門，「就上次發佈會上我提到的那個策略級產品！」

黃星點頭，「你還真要做那個？」

黃星直搖頭，「我考慮過你的那個想法，沒什麼思路，你要是真的做這個，很困難。」

「思路我已經有了！」劉嘯撓撓頭，「但是具體做起來還有些技術難題！不過一旦這個產品做成，我們軟盟就不怕任何人的報復了！」

黃星「哦」了一聲，「原來你說的需要時間，就是指這個啊！」

「唔！」劉嘯點頭，「順利的話一兩個月，不順利的話半年，可惜你們連這一兩個月的時間都不給我！」

黃星笑笑，拍了拍劉嘯的肩，也不知道該說啥，兩人一起下了樓。

第六章　來者不善

卡片的一面印著經典科幻電影《駭客任務》的海報，另外一面，印著幾個字「我們來了！」，落款是三個字母：DTK。劉嘯心裏一驚，他第一反應是這個DTK就是Timothy的幕後組織，否則還有誰會送磚頭過來，這明顯就是來者不善啊！

此時下面基本都安排好了，要來的人也都已經來了，熊老板正著急呢，看見劉嘯下來了，幾步上前拽過劉嘯，「你怎麼回事？」

劉嘯笑笑，「事情有點複雜，一時半會兒說不清楚，咱們先掛牌吧，等忙過這段時間，我親自過去給你說明白！」

熊老闆皺眉看了劉嘯半晌，道：「好，先掛牌，我帶你過去見見來授牌的各方面領導！」

海城的這些領導，都是熊老闆的朋友，劉嘯早在上次發佈會上就已經認識過了，只有資訊產業部的那位副部長，劉嘯不認識。

劉嘯走到那位部長跟前，笑道：「對不起，剛才忙著在上面安排，沒能下來親自迎接部長，還請您多多海涵！」

黃星湊到部長耳邊，「這位就是軟盟的總監，劉嘯！」

部長有些意外，「哎呀，沒想到劉總這麼年輕，真是讓我有些意外，這可真是名副其實的青年才俊吶。」部長握著劉嘯的手，「還希望你以後能再接再厲，把軟盟做好，報效國家，回報社會！」

「一定！一定！多謝部長鼓勵！」劉嘯笑道。

部長放開了手，又衝著劉嘯笑吟吟地嘖了兩聲，「沒想到，後生可畏，後生可畏啊！」然後對著海城市的那些領導說，「像軟盟這樣有潛力有水準的企業，在政策允許的範圍內，我覺得應該給予支持和幫助，做好了，也是你們海城的光榮嘛！」

熊老闆趕緊說：「其實海城市府一直都很關心我們的企業，也給過不少的幫助！」

「那就好，那我就放心了！」部長笑著，他今天來，就是走個過場，完成這個錦上添花的任務。

熊老闆看那部長沒什麼話說了，就衝旁邊的人一使眼色，司儀便趕緊跑過去宣布授牌儀式開始。熊老闆和劉嘯就陪著一眾官員走了過去。

劉嘯現在最缺的就是時間，策略產品的研究到了一個最關鍵的時候，讓授牌儀式這麼一打攪，半天的時間就過去了，害得劉嘯今天不得不加班，一直到肚子餓得撐不住了，才離開實驗室。

出門一看，公司的員工區竟然還有一塊亮著燈，劉嘯走了過去，發現是商越在電腦前坐著。

「忙什麼呢？」劉嘯看看表，再有兩分鐘就晚上十點了，「這麼晚還不休息？」

商越回頭看見劉嘯，急忙要站起來，「我……我在查一些資料！」

「呵呵……」劉嘯笑說，「那也不用這麼辛苦，再晚就連回家的車都沒有了。」

「沒事，我家距離公司很近！」商越說。

「還沒吃飯吧？」劉嘯問，他的肚子已經叫得咕嚕咕嚕叫了。

「我有餅乾！」商越拉開抽屜，拿出一包餅乾，衝著劉嘯笑道。

「餅乾又不能當飯吃！走走走，吃飯去，我請你！」劉嘯說。

「這……」商越有點猶豫，不知道這樣好不好。

「走吧，剛好我也沒吃飯。」劉嘯幫商越關掉電腦，「吃完飯你就回家，以後不要熬這麼晚了，就算是要加班，那也得先吃好飯。身體是本錢，我可不能讓我的員工把本錢都賠光了，我還指望著你們幫我賺錢呢！」

「呵……」商越被劉嘯的話給逗樂了，「劉總你說話真有意思！」

「走吧！」劉嘯說完就往門口走去，走了兩步，發現商越還在那兒站著，就道：「你倒是快點，我還有事要跟你說呢！」

水足飯飽後，劉嘯打了個嗝，看商越也差不多吃完了，才道：「那咱們就說事吧！」

劉嘯笑道：「關於網情部的架構，你那邊進展如何了？」

「大概的思路有了！」商越點頭，「具體的報告我也做得差不多了，這兩天就能交給你。其實，這個網情部在很多公司都有，基本的病毒監測系統，就算得上是一個網情監測系統。根據你的要求，咱們的這個網情不光是具有監測功能，更主要的是從監測到的資訊裏分析出一些潛在的資訊，這就要求咱們的監測目標要更細微，而且，網情部的重點是分析和預測，咱們得建立一個更加專業的分析測試團隊！」

「呵呵，看來你對我創建網情部的初衷是完全領會了！」劉嘯笑著，「實現上沒有什麼難度嗎？」

「監測部分沒有任何的問題，這部分我們可以參考其他安全情報公司的辦法，甚至是借鑒網監部門的一些監測手段。但分析這塊，得有一個經驗積累的過程，估計需要一定的時間，才能摸索出一條行之有效、預測準確的路子！」商越說。

「嗯！」劉嘯點頭，「和我預計的差不多！怎麼樣？有沒有信心把這個網情部的事弄好？」

「既然是公司派給我的任務，我就會竭盡全力！」商越說話的口氣，跟劉嘯每次面對問題時一樣，不給任何人打包票，但會承諾竭盡全力。

劉嘯點點頭，其實他當時也是憑直覺留下了商越，因為他覺得這個女孩身上有很多和自己相同的地方，他潛意識裏認為商越在技術方面絕對沒有問題，現在看來，自己沒有看錯。

劉嘯拍拍肚皮，「那我就放心了。時間不早了，早點回去休息吧！」劉嘯慢悠悠站起來，「走，我送你！」

「不用了！」商越急忙站起來道：「我家就在前面第一個路口，拐進去就到了！」

「哦！」劉嘯看商越堅持，便道：「那你路上小心點啊，以後千萬記得，按時吃飯！」

「劉總你也要注意啊！」商越笑說。

「好，我知道了！」劉嘯去結了帳，就在飯店門口和商越告辭！

第二天劉嘯早早到了公司，昨天他的研究稍微有了點進展，所以想趕緊趁熱打鐵，最好是一下就把難關給攻克了。

進辦公室翻了翻今天要處理的文件，該簽字的簽字，該處理的處理，等一切弄好，劉嘯就準備去實驗室。剛一站起來，就有人敲門走了進來，是前臺美眉。

前臺美眉此時抱著一個大大的禮品盒，看起來包裝非常講究，很高檔。

劉嘯開玩笑說：「誰給你送的禮物啊，怎麼抱我這裏來了，是不是怕別人看見，要先放我這裏啊！」劉嘯往旁邊一指，「得，那你就先放那張桌子上吧！呵呵……」

前臺美眉搖頭，「不是送給我的，這是給你的！」

「我的？」劉嘯有點意外，「誰送的？」

「誰送的我也不知道！」前臺美眉也是一臉納悶，「剛才快遞公司送來的，送到了前臺，但又要我們轉交給你！」前臺美眉說著，把那盒子往劉嘯桌子上一放，「打開看看吧，打開就知道誰送的了！」

前臺美眉看著那盒子不肯走，對盒子裏的東西很好奇，或者是對送禮物的人有點好奇！

劉嘯也沒趕她走，開始拆盒子，「好，打開就打開！」

劉嘯拆掉外面的包裝紙，裏面是個非常講究的木盒，上面印著黃色的花

紋，盒子看起來很大氣，劉嘯端詳了片刻，然後打開盒子，一看吃了一驚，居然是一塊磚頭，怪不得掂起來有些分量。

前臺美眉也很吃驚，叫道：「怎麼是塊磚頭啊，這是什麼意思！」

「小聲點……」劉嘯示意她噤聲，然後伸手進去拿起磚頭，發現磚頭下面壓著一張卡片，便將卡片抽了出來，卡片的一面印著經典科幻電影《駭客任務》的海報，另外一面，印著幾個字「我們來了！」，落款是三個字母：ＤＴＫ。

劉嘯心裏一驚，他第一反應是這個ＤＴＫ就是Timothy的幕後組織，否則還有誰會送磚頭過來，這明顯就是來者不善啊！

「ＤＴＫ？」前臺美眉一臉納悶，「這是什麼？奇怪，如果是一個人的名字縮寫，為什麼要說『我們來了』，應該是『我來了』才對嘛！」

「這盒子什麼時候送來的？」劉嘯問道。

「五分鐘前吧！」前臺美眉答道，「要不我再去把那個快遞員追回來？」

「算了！」劉嘯抬手阻止了，「你回去工作吧！唔……，這個盒子的事，不要對其他人講！」

「好，我知道了！」前臺美眉一臉不解，「那我就回去了啊！」說完，一臉疑惑地出了劉嘯的辦公室！

劉嘯把盒子往辦公桌下面一塞，到了大飛的辦公室，「大飛，咱們那些有問題的產品都弄好了嗎？」

「該砍的都砍了，該完善的也都完善了！」大飛回說，「按照你的吩咐，已經全部弄完了！」

「那就好！」劉嘯稍稍鬆了口氣，就算DTK要來報復，只要軟盟的產品沒有任何問題，那他們又能怎麼樣?!

「那就好！」劉嘯說著，轉身朝門外走去。

大飛被劉嘯的奇怪舉動搞糊塗了，「劉嘯，你怎麼了?是不是出什麼事了？」

「噢……」劉嘯想了一會兒，覺得這事跟大飛說不清楚，而且現在也無法確定DTK就是Timothy所在的網路間諜組織，便道：「算了，沒事！」就出去了。

留下大飛在屋子裏直摸腦袋，不知道劉嘯這又是哪裡不對勁了！

劉嘯吩咐業務部的人注意接聽客戶電話，有什麼特別的消息就趕快通知

自己；又讓公司的技術員加強對公司網路的監測，看看沒有什麼異常，劉嘯惦記著自己的研究，就進了實驗室。

一直到下午下班，軟盟都一切正常，沒有任何遭受攻擊的前兆，劉嘯懸著的心終於稍稍放下了點，盤點了一下今天的研究進度，他就離開了公司。

誰知剛到住的社區門口，手機就響了，是公司業務部負責人打來的。

「什麼事？」

「劉總，不好了！」業務部的人語氣非常焦急，「有好幾個客戶把電話打到了我家裏，說他們的網路被人入侵，入侵者在攻擊後還特別留下記號，說……說咱們軟盟的產品是垃圾！」

「什麼時候被入侵的？」劉嘯知道大事不好了！

「就在剛才！」業務部的人頓了頓，「劉總，事情不對勁啊，我看這和前段時間的事一樣，是專門衝著咱們軟盟來的！」

「你馬上回公司！」劉嘯急了，「我在公司等你！」

回到公司，公司裏的人已經走得沒幾個了，剩下幾個人看劉嘯走了又回來，而且神色匆匆，都有點納悶，不知道劉嘯這又唱的是哪齣。

劉嘯走到業務部的門口，隔著門，能聽見裏面十來部電話叫得此起彼伏，想開門卻沒有鑰匙，只得恨恨地在門上捶了一拳。

「這電話響了有多久？」

「二十來分鐘吧！」有人道，「業務部的人剛走光，電話就響了，還響個不停！」

劉嘯十分著急，現在也不知道有多少客戶受到了攻擊，攻擊的程度如何，希望不要造成什麼大的損失！

等了幾分鐘，業務部的負責人滿頭大汗地跑了上來，手裡拿著的手機還在響個不停，他已經顧不上接了，幾步跑到劉嘯跟前。

「劉總，大事不好，這絕對是有人故意在整我們軟盟，我的電話這會兒工夫就沒停過，電都快耗光了！」

「先開門！」劉嘯道。

「好！」業務部的負責人迅速掏出鑰匙，把業務部的門打開，電話的聲音頓時大了很多，公司裏剩下的幾個人這才聽清楚，於是都停下了手裏的活，朝這邊看了過來。

「你們幾個，先把手上的活放下，過來幫忙！」劉嘯朝那幾個人一吩

咐，然後進了業務部。

「先確定有多少客戶遭到了攻擊，具體的情況如何，有沒有什麼損失，還有確定入侵的原因！」劉嘯說道。

業務部的負責人迅速打開電腦，運行了售後平臺，道：

「截至目前，我們共收到客戶電話一百七十六個，全部未接；E-MAIL投訴三百二十多件；ＱＱ留言一百多條；在這些客戶裏面，去掉重複投訴的，我們實際接到客戶投訴的數量是三百八十多例，全部都是在半個小時內投訴的，這些客戶的資料已經調出來了！」

業務部的負責人打開幾封E-MAIL看了看，又道：「他們全都是投訴自己的網路遭到了入侵！」

「趕緊聯繫！」劉嘯走過去，「隨機挑幾個客戶的號碼，打過去問看看到底發生了什麼事情！」

業務部的負責人趕緊挑出幾個號碼，在場的人每人分到一個號碼，便開始忙了起來。

劉嘯也分到一個電話號碼，是一家貿易公司，劉嘯撥了過去：

「你好，我是軟盟的技術支援，請問……」

「你們趕緊來人！」那邊沒等劉嘯說完，就開始發飆了，「我們公司的伺服器被入侵了，有幾份非常重要的客戶資料丟了，問題就出在你們的產品上。我告訴你們，我們老總現在非常生氣，你們軟盟要賠償我們的全部損失！」

劉嘯的耳朵被炸得嗡嗡直響，等對方說完，他才道：「我打電話過來，就是要弄清楚問題！」

「還弄什麼，問題不明擺著的嗎！」那人十分憤怒，「攻擊者在我們的電腦上留了言，說『軟盟的產品是垃圾』，這不明擺著的嗎，那些攻擊者就是針對你們的產品來的！」

劉嘯看也說不清楚，只好道：「那請問你們還有什麼別的損失嗎？」

「我們非常重要的客戶資料丟了！」對方依舊在喊著，「你們要賠償我們的全部損失，否則就等著吃官司吧！」

劉嘯無奈地道：「請你們啟用備用的網路預案，保護好伺服器的日誌，我們的人會儘快過去，確定事故原因和責任！」

劉嘯掛了電話，其他人的電話也大致打完了，有的好一點，客戶只說伺服器被入侵，但沒有什麼損失；有的則和劉嘯聯絡的這家公司一樣，保存在

電腦上的資料被入侵者惡意刪除了，損失很大。

但有一點是相同的，那就是入侵者都在伺服器上留下了「軟盟的產品是垃圾」這句話，這讓所有的客戶都把矛頭指向了軟盟。

「劉總！」業務部的負責人急道：「這絕對是栽贓啊！咱們賣出去的產品，百分之九十都是防火牆，其中還有八成是用來給伺服器防範洪水攻擊、ARP這樣的惡意攻擊，如果是像上次那樣，攻擊者利用我們的防火牆給客戶製造網路通信癱瘓，那是咱們的責任；可是這次，咱們的產品沒有入侵方面的安全漏洞，責任並不在咱們身上，對方故意留下這樣的留言，擺明了就是要整倒咱們軟盟！」

劉嘯當然也知道這點，他皺眉想了一會兒，道：「你現在通知人事部主管，讓他現在過來，另外，明天一早，就把我們的技術員派出去，去客戶的公司實地調查一下事故原因！」

「好，我這就聯繫！」業務部的負責人說完，就給人事部的負責人打電話。

劉嘯站在一邊看那個售後平臺，發現投訴的數目還在增加，看來對方的報復還沒有停止，他等業務部的負責人打完電話，便道：「以前購買咱們產品以及咱們做過安全設計的客戶共有多少？」

「這個太多了，產品賣出去有八九萬件，國營企業、私人企業或是個人客戶都有，由咱們親自負責安全方案的公司和單位，大概有兩百家左右！」

「現在利用我們的售後平臺發佈消息，通知這些客戶做好防範，不管通過什麼方式，務必讓他們在今天晚上能看到咱們的消息，不能讓這個事情再惡化下去了！」劉嘯吩咐。

「沒這個必要吧？」業務部的負責人反對，「對方就是再厲害，也不可能把咱們的所有客戶都攻擊了，他們現在攻擊了幾百個用戶，不管有什麼目的，他們的效果都已經達到了。我認為咱們當然要先安撫好這些客戶，不要讓影響擴大，但如果我們冒冒失失去通知那些並沒有遭到攻擊的客戶，反而會讓影響擴大，就算他們沒遭到攻擊，也會因此懷疑咱們的產品是不是存在什麼問題，等所有的客戶都鬧起來，那咱們就真的很麻煩了！」

劉嘯咬牙想了想，「安撫的事情要做，但通知也要做，對方要整的對象雖然是咱們軟盟，但最先受到損害的卻是那些客戶，咱們得對自己的客戶負責！而且對方選擇在下班的時間進行攻擊，這必然會讓一些客戶無法及時發現自己的網路被入侵了，所以事情可能會比咱們現在掌握得還要嚴重一些，

如果我們不主動一點，等到明天早上上班的時候，事情可能就會發展到無法收拾的地步，我們不能冒險，也不能拿客戶的安全冒險！」

業務部的負責人聽了，一咬牙道：「好，我這就發佈消息！」

「注意措詞，一定要讓客戶加強重視，但也不能製造恐慌！」劉嘯囑咐了一句。

業務部負責人點頭應著，開始起草這份公告。

商越看著劉嘯，問道：「咱們軟盟到底得罪了什麼人，他們為什麼要整咱們？」

劉嘯嘆了口氣，「這事現在還不好說！」

商越想了半晌，道：「對方能這麼準確地知道咱們的客戶，是不是咱們的資料被竊取了？」

劉嘯皺眉想了想，如果今天這事真是Timothy所在的網路間諜組織幹的，就算從資料上入手去查，也很難有所突破，那些人連網監的動向都能清楚掌握，他們想要知道軟盟的客戶資料，並不一定非要從軟盟身上下手。

「你們都先忙去吧！」劉嘯看看時間，「早點回去休息！」

公司幾個留下加班的人聽劉嘯這麼說，就站起來，「劉總，那我們就先回去了！」

「嗯，走吧！」劉嘯努力擠出笑容，把那些人都打發走了。

只有商越離開之後，想了半天，又回到自己辦公桌前去了。

「劉總，消息都發出去了！」業務部負責人說，「我用好幾種方式通知了客戶，希望他們能及時防範！」

劉嘯坐在椅子裏，心裏很是傷感，昨天資訊產業部來授牌的時候，自己就預料到對方可能會找軟盟的麻煩，自己最怕什麼，偏偏就發生什麼。事情是自己做下的，卻要軟盟來承受報復，劉嘯非常地內疚，大飛說的沒錯，再這樣下去，自己非但不能振興軟盟，軟盟的這塊招牌還得毀在自己手裏！

「劉總，劉總！」業務部的負責人見劉嘯半天沒說話，就出聲喊了幾下，「咱們現在還要做什麼？」

劉嘯想了想，搖了搖頭，「沒事，你回去吧，我再安排一下明天去客戶那裏調查的事！」

「哦！」業務部的負責人應著，開始收拾東西，準備離開。

「對了！」劉嘯突然想起，「給所有投訴過的客戶回覆一下！」

「我已經回覆了！」業務部的負責人說，「該致歉的也致歉了，現在就

等著咱們的人過去把問題調查清楚，我已經把投訴的訊息直接轉到了人事部，一會兒人事部來人，就可以收到！」

「好，你快回去休息吧！」劉嘯擺了擺手，示意對方可以走了。

「劉總你也別著急，上次咱們不也是安全度過了嗎，不會有事的，你放心吧！」業務部的人寬慰了兩句，出了辦公室。

「劉總，喝口水吧！」商越不知道什麼時候走了過來，手裏端著一杯水。

「謝謝！」劉嘯接過水，把水杯放在了一旁，「你怎麼還不回去？吃飯沒？」

「吃過了！」商越點著頭，「我吃過了飯又回來的！」

劉嘯嘆了口氣，「工作可以放在上班的時候做，下班就趕快回家休息！」

「我知道，只是我的報告馬上就做好了，我想儘快趕出來！」商越看劉嘯的狀態還不算是太壞，比一般人顯得要鎮定和堅強些，便放心地道：「那我繼續去趕報告了，你也不要太著急！」

「好，你去吧！」劉嘯說完一縮身，閉目靠在椅子裏，也不知道他在想些什麼。

半個小時後，人事部的負責人趕了來，劉嘯跟著他進了人事部，打開電腦，所有的投訴訊息不斷被傳了過來，人事部的負責人一看就傻了，「怎麼這麼多啊，咱們沒有這麼多人可以外派啊！」

劉嘯道：「先看咱們能派出多少人，能空出來的人手全部都空出來，然後再根據人手分配，哪個客戶比較近，就先派到那裡，爭取最快時間搞清楚事情的原因！」

「好！」人事部的負責人打開員工作業系統，開始查詢哪些人是空閒的，然後又挨個看了看，覺得可以先緩一緩的，都給調了出來，然後分別給這些空出來的人分配了要去的客戶。

那邊出工單自動列印了出來，明天這些員工一上班，就可以收到出工單。

「劉總，我把能空出來的人手都空了出來，但只能調出三十多個人，再多真的調不出來了！」人事部的負責人說著，又把作業表翻了一遍。

「能空出多少人手是多少吧！」劉嘯嘆氣，現在就是把軟盟的人全部派

出去，那也不夠用！

「劉總，這到底是怎麼回事，這個月咱們已經是第二次遭遇這種大規模事故了，咱們是不是惹上什麼人了？」人事部的負責人看著那幾百個投訴很是頭疼，就是這三十個人不眠不休，要把這些處理完也不是容易的事。

劉嘯苦笑，不知道該怎麼解釋。

「現在有多少客戶投訴了？」

「五百多一點！」人事部的負責人說，「以前咱們一年也沒有這麼多嚴重的投訴！」

劉嘯想問問增加的速度有沒有變緩慢，此時電話響了起來，劉嘯拿起來一看，是大飛打來的。

「大飛啊！」劉嘯此時覺得最難面對的人就是大飛。

「劉嘯，出大事了！」大飛還不知道劉嘯已經在公司了，「我剛才在網上看到消息，說是軟盟的產品出了問題，導致客戶大面積受到攻擊，損失嚴重，現在所有的安全論壇都在轉載這條消息。」

「嗯，我知道了！」劉嘯應了一聲。

大飛著急道：「我覺得咱們應該馬上啟動媒體公關預備案，不能任由這樣的謠言散播下去，否則軟盟的招牌就砸了！」

「說咱們軟盟產品有問題，可能是謠言！」劉嘯不願意隱瞞，反正大飛明天來上班時也會知道，「但咱們的客戶受到攻擊卻是事實！我現在就在公司，我已經在處理了！」

「什麼？」大飛在電話那頭已經蹦了起來，「咱們的客戶又遭到攻擊了？什麼時候的事？有多少客戶？」

「現在收到的投訴有五百多家，具體的數目得到明天才能統計出來！」劉嘯說。

「五百多家！」大飛已經爆衝了，「軟盟自創辦以來，所有事故投訴加起來也沒有這個月多！劉嘯，你到底在搞什麼？」

「我會給你一個解釋的，不過不是現在！」劉嘯嘆氣，「現在事情已經發生了，再埋怨也沒有用！」

「你就是給我解釋，我也無法接受！」大飛不能控制自己的情緒，「你當時接掌軟盟的時候說得多好聽，說要重振軟盟雄風，你就是這麼重振軟盟的嗎？老大他們雖然無恥，但也沒有把軟盟禍害到這種地步吧！你說，現在的軟盟成什麼樣子了，任人羞辱的靶子嗎？這樣下去，你還拿什麼重振軟

盟？」

劉嘯沒有還口，深吸了一口氣，說：「我非常抱歉，是我給軟盟帶來了這一連串的麻煩，但我說過的承諾，我會兌現的！」

「你拿什麼兌現？你兌現個大頭鬼！只要你他娘的不給軟盟惹麻煩，我大飛就謝天謝地了！」

電話裏「嘎吱」一響，然後就傳來了「嘟嘟嘟」的聲音，劉嘯默默收起電話，那邊大飛估計把電話都給摔了！

這一夜，劉嘯就坐在辦公室的椅子上，他在想自己繼續留在軟盟是不是個錯誤，是不是自己離開軟盟，就能讓對方的報復停止，劉嘯自己不怕，但他不敢拿軟盟冒險。

天慢慢亮了起來，劉嘯聽見辦公室的外面，已經慢慢有人來上班了。

「砰砰砰！」有人敲門。

劉嘯搓了搓發睏的臉，稍微提起點精神，「請進！」

進來的還是前臺的美眉，她手裏又捧著一個精緻包裝的盒子，只是比昨天的小了很多，美眉也是一臉的不解，進來道：「咦，你什麼進來的，我怎麼沒看到你。又有人送來一個盒子，惦著很輕，不像是磚頭！」

劉嘯一看見那盒子就生氣，對方這是在戲耍自己，都已經把軟盟折騰成這樣，他們還想怎麼樣，難道還想要自己去跳樓嗎，劉嘯大怒，道：「把那盒子扔了，以後誰要是再匿名給我送盒子，統統給我扔掉！」

美眉嚇了一跳，回過神來，以為劉嘯是在和昨天的那塊磚頭賭氣，於是道：「你不要我就收了啊，說不定這次裏面是好東西呢！」

美眉看劉嘯不反對，就笑嘻嘻往沙發上一坐，把盒子放在茶几上開始拆封。

拆開後一愣，「咦？怎麼是把鑰匙，還有一張磁卡，呀，還有一張紙條呢！」

劉嘯很意外，「拿來我看！」

美眉遞了過去，劉嘯一看，紙條上沒有落款，只寫著「金融銀行111#」，再看那磁卡和鑰匙，劉嘯突然反應了過來，「這是在銀行私人保險櫃的鑰匙和磁卡！」

「保險櫃的鑰匙和磁卡？」美眉翻檢著那堆東西，奇道：「你還在銀行租了個保險櫃嗎？」

劉嘯搖頭，道：「我又沒有什麼值錢的東西，租那個幹什麼！」

「送這東西來的人還特別囑咐我，說一定要親自交到你的手裏，不會弄錯的！」美眉也很納悶，「奇怪了，難道現在流行給人送保險櫃嗎？」美眉咬著指甲，想不明白送保險櫃有什麼含義。

「我到銀行去一趟，看看就知道是怎麼回事了！」劉嘯把那堆東西都裝進口袋，就起身準備出門，走兩步，又囑咐道：「對了，這事記得保密，不要告訴任何人！」

「那保險櫃裏面萬一有好東西，記得要分我一半啊！」美眉笑道。

「放心，裏面要是有炸彈，我絕對分你半個！」劉嘯一瞪眼，出去了。

美眉氣乎乎地朝劉嘯的背影做鬼臉，「小氣鬼！」

劉嘯走出辦公室，剛好看見大飛走進公司，劉嘯緊走兩步，「大飛！」

大飛沒搭理劉嘯，側過劉嘯身旁，朝自己辦公室走去。

劉嘯覺得自己有必要跟大飛解釋一下，就轉身攔住了大飛，「大飛，我想跟你談一下！」

「有什麼好說的？」大飛瞥著劉嘯，「你想告訴我你很無辜？」

劉嘯頓時被噎住了，大飛今天的火氣似乎挺大的，「走，去我辦公室說吧！」劉嘯想拖著大飛進辦公室。

大飛一甩胳膊，掙脫了，「你現在說什麼我都不想聽，我只想知道，這事到底和你有沒有關係？你到底想把軟盟怎麼樣，是不是非要把軟盟的招牌徹底搞臭，你才肯罷手？」

大飛的聲音很大，把公司人的眼光都給招了過來，大家很奇怪，不知道這是怎麼了。

劉嘯這下難住了，下不了臺了，兩人就在那裏對視著。

「劉總，劉總！」業務部的負責人從自己辦公室走了出來，看見劉嘯和大飛都站在那裏，也不知道出什麼事，就急匆匆跑了過來，附在劉嘯耳邊說道：「劉總，事情麻煩了，有不少損失嚴重的客戶發來了律師函，說要起訴我們！」

「你大點聲，我聽不見！」大飛盯著那業務部的負責人，「你讓全軟盟的人都聽聽！」

「我……」業務部的負責人傻傻地看著大飛，不知道是哪裡惹到他了。

劉嘯示意業務部的人先回避，然後看著大飛：

「大飛，事情已經發生了，我知道我說什麼你都不會原諒我，我只想說

一句：我很抱歉，是我給軟盟惹來了麻煩。我不期望你能原諒我，但我希望，希望你能看在軟盟的份上幫我一把，和我一起幫助軟盟度過這次的難關。現在敵人兵臨城下，如果此時我們倆再心存芥蒂，那軟盟就真的很難挺過去了！」

「哼！」大飛冷笑一聲，斜眼瞥著劉嘯，「之前我早就警告過你，不要管那些個破事，你只要做好軟盟的事就可以了，你要是早聽我的話，就不會接二連三發生這麼多事。我沒有對你心存芥蒂，因為我的心裏已經對你很失望了，不是我大飛對不起軟盟，而是你劉嘯在拿軟盟當籌碼去賭博，去冒險，你不配做軟盟的掌門人！」

第七章　何方神聖

方國坤在屋子裏踱了兩圈，心裏也很是不解，這個風神到底是何方神聖，為什麼會對DTK的事如此清楚，他發這個帖子的目的又是什麼呢？失蹤了兩年之久，他為什麼又要重現網路，僅僅是為了幫助軟盟嗎？

大飛的話，明確表明了自己的態度，這次他是不會再幫劉嘯了。大飛說完，伸手撥開劉嘯，朝自己辦公室走去。

劉嘯知道大飛心裏很氣，但萬萬沒有想到他會在這個時候撂挑子，心裏真是涼到了極點。

看著大飛的背影，劉嘯也忍不住怒吼道：「如果我的離開，就能讓對方立刻停止對軟盟的攻擊，能夠挽回所有的損失，那我劉嘯現在立馬就走人！」

大飛站住了腳。

「但是可能嗎？」劉嘯繼續吼道，「沒有，絕對沒有！損失已經造成，事情已經發生了，我們現在要做的，就是儘快地挽回客戶的損失，挽回軟盟的聲譽，等把這個難關熬過，你要怎麼追究我劉嘯的責任，我都不會有二話！別說我走了那些人不會停止對軟盟的攻擊，就算是他們肯，我也不會走，惹上麻煩就撒腿走人，那不是我劉嘯的做事風格，我從來就不做這等丟人敗興的事！就算所有的人都說我不配做軟盟的掌門人，我也會留在軟盟，因為我而給軟盟帶來的損失和傷害，我會一分一毫地找回來；我還要把那些攻擊軟盟的人挨個揪出來，我要讓他們為今天的行為付出殘酷的代價。我不但要帶軟盟度過這次的難關，將來我還要把軟盟做大做強，這是我對所有人的承諾，我劉嘯說出去的話，絕對說到做到。我告訴你，大飛，沒有你，我也會把一切搞定，你就坐在那裏好好看著，看著我怎樣搞定一切！」

公司裏的人都把手上的活給放了下來，站起來看著這邊，看來公司出大事了。

大飛半天沒有動彈，他的面色也極度難看，或許他只是一時在氣頭上說了氣話，劉嘯現在的話也讓他有些後悔，但說出去的話，覆水難收。大飛在那裏站了半天，最後一跺腳，進了辦公室！

看得出來，劉嘯非常失望，盯著大飛辦公室好半天，才回過身來。

可等他回過身來，他已經換上了一種非常堅定的目光，對著業務部的負責人說：

「你回覆那些客戶，我們會儘快派人過去調查問題，因為我們產品問題而造成的損失，我們會按照合同給予賠償，如果不是我們產品的問題，我們也願意提供技術，幫他們恢復受損資料，挽回損失！如果他們還不滿意，那就讓他們去法院起訴我們吧，大家在公堂上做個了斷，如果法院判我們軟盟敗訴，所有的結果我們都接受！」

「這樣不好吧！」業務部的負責人有些擔心，「我們的人現在剛派出去，還沒有弄清楚問題的原因，如果我們冒然答應賠償，那……再說，這種事情，能私了就私了，一旦到了法院，不管輸贏，對我們軟盟的聲譽都是沒有好處的！」

劉嘯不知道該怎麼給他解釋，現在不是軟盟願意私了就能私了的，那些攻擊的人已經在網上散佈了大量的謠言，如果不進入法律程序，就沒有誰能證明軟盟的清白了，只有法院的判決才是最有力的闢謠工具，才能讓所有的人打消對軟盟的懷疑。

「你按我說的回覆吧，以後你會明白的！」劉嘯看著業務部的負責人，「話是要這麼說，但在措詞上還是要儘量注意！」

業務部的負責人一嘆氣，「好，我這就去辦！」

「有什麼新的消息，就直接打我的手機！」劉嘯皺著眉，他還得去一趟銀行，他得弄清楚那個保險櫃裏面到底有什麼，是誰送來這副鑰匙，如果是Timothy的組織送來的，那他們到底要做什麼呢?!

劉嘯匆匆趕往銀行，問了保險櫃所在的位置，刷卡進去，順利地找到了那個保險櫃。掏出鑰匙打開櫃子，發現裏面有一個小小的隨身碟，隨身碟下面壓著一張紙。

劉嘯把紙拿了出來，只見上面寫著：

「你家裏電腦的通訊資料已經被人監控了，在你還沒有能力躲避監控之前，我暫時不會和你再做線上的聯繫。至於你說的那件事，肯定也被監控你的人知道了，我知道你的出發點是好的，我也可以幫你，但以你目前的技術水準來搞這個事，只會給軟盟帶來無窮的麻煩！隨身碟裏的東西，是一份關於網路間諜現狀的報告，我希望你看完之後能仔細地考慮考慮，然後再決定是不是要搞，如果你堅決要搞，我可以給你提供更為詳細的一些資料。」

落款：「踏雪無痕」！

劉嘯「啊」了一聲，一半是驚訝，一半是憤怒。驚訝的是，踏雪無痕線下也能找到自己，以他的方式在關心著自己；憤怒的，是自己的電腦通訊竟被人監控了，這對一個駭客來說，簡直就是奇恥大辱啊，就算作為一個普通人，也不願意將自己的秘密暴露在別人的眼皮底下。

「會是誰在監控自己呢？」劉嘯一下就想到了方國坤，或許只有他才有這個能力。黃星不會，雖然他也有能力，但他要想監控自己早就辦了，不會

等到現在。

想起自己以前身分被莫名其妙地抹黑，無法過機場的安檢，而方國坤輕描淡寫就能讓自己的身分漂白，劉嘯敢百分之百確定，這個敢監控自己又有能力監控自己的，肯定就是方國坤無疑了，一股無名之火從劉嘯的心底冒了起來。

劉嘯關上保險櫃的門，直奔公司而去，他記得方國坤上次給了自己一張名片，被他丟在辦公室的抽屜裏，劉嘯要找方國坤去質問，自己到底做了什麼，還是自己威脅到誰了，為什麼要這麼不道德地對待自己。

「劉總！」劉嘯一進公司的門，業務部的負責人又跟了上來，「劉總，事情不好了，今天上班後，我們又陸續接到很多客戶的事故投訴，現在累積起來，已經有超過一千家的客戶遭受到了攻擊。這還是幸虧你昨天及時讓我通知了所有客戶，否則事情還會更加嚴重！」

「好！我知道了！」劉嘯現在哪有工夫聽這些，這是他早就預料到了的事情，「你繼續做好和客戶的溝通，有什麼事情就及時通知我！」

業務部的負責人站在那裏，看著劉嘯急匆匆地衝進辦公室，又急匆匆地出了公司，他撓了撓頭，「奇怪，還有什麼更壞的事嗎？」

方國坤此時正坐在辦公室，桌上的電話響了起來，他頭也不抬，聽聲音他就知道這是外線接進來的，於是順手拿起了電話，「哪位？」

「我，劉嘯！」劉嘯在電話裏吼著。

方國坤耳朵一疼，把電話稍微遠離了耳朵一點，道：「呵呵，是劉嘯啊，有什麼事嗎？」

「你們到底要幹什麼？到底我哪裡讓你們看不順眼了，你們要這麼對我？無恥！卑鄙！」劉嘯在電話裏罵著。

方國坤一皺眉，不知道劉嘯發的是哪門子火，道：「到底什麼事？你不要著急，把事情搞清楚再發火也不遲嘛！」

「你們自己做了什麼難道不清楚嗎？還要我給你把話挑明嗎？」劉嘯怎麼能不發火。

方國坤一怔，便猜到了是怎麼回事，道：「這麼說，你已經發現了？」頓了頓，又說：「這其實是個誤會，我給你解釋一下……」

「有什麼好解釋的！」劉嘯斷然喝道，「你們想要得到什麼，直接來找我便是，我劉嘯光明磊落，不做虧心事，我不怕你們找，可你們這麼做算怎

麼一回事，誰賦予你們這樣的權力？理由呢？你們憑什麼監控我的通訊資料？」

「我都說了，這是個誤會！」方國坤沒想到自己的行動這麼快就被劉嘯識破了。

「誤會！哼……」劉嘯冷哼一聲，「如果換了是你被監視，你會接受對方一聲輕描淡寫的『誤會』嗎？」

「劉嘯，你聽我解釋，這絕對是個誤會！」方國坤有點著急了！

「留著給別人解釋吧！」劉嘯嗤了口氣，「我告訴你，今後永遠都不要在我的面前出現，否則我會忍不住把你的門牙打掉！」

「劉……」方國坤還想試著去解釋一下，可電話裏已經傳來了「嘟嘟」的聲音，劉嘯掛掉了電話。

方國坤一皺眉，趕緊放下手裏的電話，轉而拿起桌上的另外一部電話，撥了個號碼，道：

「海城嗎？我是方國坤！你們馬上派人到樂風社區，二棟九一一室，樓上樓下都要派人監視，務必保證不發生意外事故！唔，在不會出現威脅到屋主生命安全的情況下，不要暴露！另外，再派一隊人去軟盟科技，還是一樣，確保軟盟運營總監劉嘯的安全，防止意外發生。」

又道：「如果監控的對象安靜且沒有做出什麼出格舉動，你們就可以撤了！有什麼情況，直接向我彙報！」

掛了電話，方國坤走出去，在樓道裏喊道：「小吳！小吳！」

「到！」他的那個跟班匆匆跑了出來，站在方國坤的面前。

「監控劉嘯通訊資料的事，就此取消！」方國坤下達了命令。

「取消？」小吳很不解，「頭，我們都已經監控這麼久了，而且那個踏雪無痕如此可疑，只要他還露面，我們遲早能揪出他的，取消太可惜了！」

「人家都已經發現了，不取消還怎麼辦？」方國坤苦笑，「再監控下去已經沒有必要了，我們不會得到任何有價值的東西了！」方國坤說完，就回了自己的辦公室。

留下小吳在那裏撓頭，「不是吧？被發現了！」

他很吃驚，自己所在部門的監控行動成千上萬次，除了雁留聲，還從沒失手過，這劉嘯就是第二個。

劉嘯此時已經回到了家裏，他打開電腦，把上面所有的資料全部粉碎，

然後拽起電腦，走到窗臺前，衝著下面大喊：

「我知道你們此刻肯定在看著我，你們不是想得到什麼嗎？好，全都拿去吧！靠，老子全給你們！」

說完，就把手裏的電腦扔了下去，然後又把剩下的那台以及鍵盤滑鼠全都扔了下去。最後發現自己兜裏還有方國坤的名片，也一起扔了出去，然後關上了窗戶，坐在那裏生氣。

從天而降的電腦把下面的人都嚇了一跳，可誰也不敢靠近，萬一再給你扔下個啥東西，砸中了可不得了，那可是九樓啊！

名片晃晃悠悠從上面飄了下來，有人上前撿起名片一看，然後順手塞進兜裏，消失在了人群裏。

幾分鐘後，海城的一一〇趕到了樓下，將掉下的這堆電腦零件用警戒線圈了起來，然後就站在那裏警戒，不讓任何人靠近。

沒過多久，社區又來了一輛警車，下來幾個員警，看樣子似乎是法醫，但又不是法醫，這幾人走到警戒線裏，把所有的零件全部收集起來，搬上了警車，甚至連掉在地上的一顆螺絲、一片塑膠碎片，他們也用鑷子夾起來塞進物證袋帶走了。

社區裏的人都傻了，電腦又沒砸到人，這些員警鹽吃多了嗎，物證搜集得這麼仔細，你再仔細也證明不了什麼啊！社區看熱鬧的人越圍越多，紛紛議論著這些員警的白癡舉動。

警察忙活了將近一個小時，才算是把所有的東西都搬上了車，此時便有一個員警走了過來，道：

「高空拋物是一個非常危險的舉動，隨時可能會威脅到無辜群眾的生命安全，而且很沒有道德，我希望我們今天在場的所有人都能吸取教訓，一旦高空拋物砸中人，出了事故，就是嚴重的刑事案件，不光有無辜的人會受害，拋物人本身也會面臨法律的制裁。好，大家都散了吧，請大家放心，這件事情我們警方一定會嚴肅處理，對於高空拋物的人，我們會帶回警署進行批評教育，主行拘留。」

眾人這才散去，鬧了半天，原來還是個高空拋物的性質，眾人只道沒趣。不過員警今天這陣勢，倒是把平時一些喜歡從樓上扔小東西以及吐痰的人嚇了一跳，心想以後自己可得收斂一下了，否則不知啥時候就把警察給招來了。

折騰了一天，等劉嘯從公安局出來的時候，已經是傍晚了。警方也沒難為他，就是批評了幾句，要劉嘯寫一份對於高空拋物危險性的認識，劉嘯趴在警局的桌子上迷糊了一天，也沒寫出來，警察沒辦法，自己也得下班吶，就只好把劉嘯給放了回去。

看看天色不早，劉嘯也懶得去公司了，直接回了家。

回家往床上一躺，劉嘯又開始迷糊，昨晚一晚沒睡，本來就睏，再加上今天這事，對劉嘯的打擊確實挺大，劉嘯躺在床上迷迷糊糊地想，這次要不是踏雪無痕提醒，可能自己永遠都會被蒙在鼓裏。

劉嘯突然「蹭」地坐了起來，一想起踏雪無痕，他就想起了自己今天從銀行保險櫃取出來的那個隨身碟，劉嘯趕緊從兜裏摸了出來，起身往電腦那邊走去，他想看看上面的資料，走了兩步，劉嘯才想起，自己今天已經把電腦都給扔了。

「靠！」劉嘯一腳踹在那空蕩蕩的電腦桌上，然後轉身出門，這都他娘的什麼事啊，有電腦是個禍害，沒電腦也不行，「操！」劉嘯再次咒罵，關上門下樓了。

出了社區，劉嘯順著街道走出幾百米遠，尋到一家網吧鑽了進去。

劉嘯正在找空位，電話就響了起來，是黃星打來的。劉嘯皺眉，不想接這個電話，沒別的事，肯定是軟盟遭到報復的事被網監知道了，可知道又怎樣呢，除了表示同情外，估計他們也拿不出什麼實際的行動來！

電話持續響著，劉嘯無奈，只得按下了接聽鍵，「我是劉嘯！」

「劉嘯，我是黃星！你現在在哪兒？」黃星問道。

「你有事嗎？我現在正在忙！」劉嘯看到了一台空的電腦，就走過去坐了下去。

「軟盟的事我們已經知道了，我們確實低估了對方的能力，我很抱歉，我想問一問，你有沒有什麼需要我們幫忙的地方？」黃星此時也是很不好意思，「如果有，請你儘管說，我們一定會幫忙的！」

「沒有！」劉嘯頓了頓，「我們自己能搞定！」

黃星滯了半晌，「如果我能攔住授牌的事，估計現在就不會發生這樣的事，所以你有需要就一定要開口，讓我為彌補自己的錯誤盡點力吧，否則我會非常地內疚！」

劉嘯思索片刻，道：「現在事情還沒有完全明朗，所以暫時還用不到你們的資源。不過我估計這事最後還得走正常的法律途徑，那時候肯定有需要

你們網監幫忙的地方！」

「好，我明白了！」黃星當然明白劉嘯的意思，「你放心，我會想辦法的！」

「那我替軟盟謝謝你了！」劉嘯道。

「你不要這麼說，否則會讓我慚愧的！」黃星嘆氣，「這事我會一直關注的，如果有什麼線索和變化，我會及時和你聯繫。」

「好的，那我就先忙了！」劉嘯客氣了一句，就把電話掛了。

劉嘯打開隨身碟，上面只有一份文檔，但打開之後，才發現這個檔很大，看來踏雪無痕弄出這份文檔，也是花了不少時間和精力的。

文檔的開頭，便是網路間諜的現狀與格局分析，劉嘯花了兩個小時，才把這個開頭看完，他看得非常仔細，看完之後，讓劉嘯大吃一驚，而又大長見識。

原來網路間諜竟然無處不在，但又無人知曉他的存在，劉嘯的後背不禁滲出一層冷汗，他甚至懷疑在自己現在所處的這個網吧內，或許也有網路間諜的存在。

網路間諜組織大概分為好幾種，一種是由各種政府組建的帶有明顯政治意圖、目標明確、正規化的網路間諜組織，他們附屬於他們國家的情報和國家安全機構，這種組織基本每個國家都有，但他們的職責大多都是負責各自國家領域內的網路安全，防止境外間諜組織的入侵。

第二種，他們不屬於任何政府，但卻和一些固定的國家的情報部門保有密切聯繫，他們會為這些國家搜集帶有目的性的情報和資料，然後售賣給對方，但只限於私底下的秘密交易，這些組織的數量並不多，他們暴露之後，有時候會獲得某些國家的政治庇護。

而第三種，是最徹底的網路間諜機構，他們只認錢。誰給錢，他們就給誰辦事，這種組織的數量僅次於第一種，各國政府都希望他們能為自己效力，但又視他們為眼中釘、肉中刺，這種組織沒有任何保障，消滅他們的，很有可能就是他們的客戶，所以這種組織層出不窮，但每個都不會存活太久。

唯一例外的，是一個叫做Wind的組織，他們號稱視世界頭號網路間諜機構，接下的單子從未失手。

這個組織販賣過的資料不計其數，上到各國的軍事部署、尖端武器的設計圖紙、研發記錄、測試資料，下到某家公司的商業計畫，甚至是某人某天

的日程安排，都曾出現在他們的販賣記錄上。

如此一個各國政府的公敵，甚至是全球公敵的組織，竟然一直存活到現在，不得不說是一個奇蹟；而更為神奇的是，他們的業務居然越做越大，他們現在已經不需要再接手任何單子了，而是定期會給自己的客戶送去一份販賣資料目錄，在這份目錄裏，你可以找到你所需要的任何資料，當然，價格也貴得離譜。

踏雪無痕的這份報告，讓劉嘯徹底認識到了這些間諜組織的威力，Wind組織就不用說了，就是那些不入流的網路間諜機構，他們竊取的一份小小情報，就可能會給某個政權帶來嚴重的政治事件，甚至是招來戰爭，讓數千萬人流離失所，也可以讓花費了數百億資金研發的新科技一夜之間變得一文不值。

而Wind就更為傳奇了，有某國政府曾經從Wind手裏購得一份全球油氣田資源分佈圖，買來之後才發現，原來在自己的眼皮子底下，就有一個世界級的超大油田等著去開採，而自己養的那些專家曾在這塊地域勘測許久，竟愣是沒有發現。

劉嘯愣了很久，才從震驚中回過神來，這些網路間諜的能力，已經遠遠超過了自己的想像。

文檔的後面，是一份關於ＤＴＫ組織的詳細資料，這個ＤＴＫ也就是Timothy所效力的組織，也是這次報復軟盟的組織。

ＤＴＫ組織是在歐洲排名能進得前三的網路間諜機構，它的成員不光是只有負責入侵的駭客高手，還招攬了很多行業的精英，有資料分析大師，負責從千絲萬縷的資料裏找出聯繫和結論；有有線無線、光、電、波各方面的通訊專家，為ＤＴＫ組織提供上天入地、無所不在的通訊支援和通信協調。

他們有最好的程式師，為他們設計最強悍的網路攻擊性武器；他們還有安全專家，在他們遇到監控和追蹤的時候負責斷後；甚至他們還雇有一些國家退伍的特種兵，以及情報機構的特工。

劉嘯嘆氣，可以說，這個世界上所有的安全機構，都會在這個間諜組織面前黯然失色。

踏雪無痕提供了ＤＴＫ組織全部成員的詳細資料，包括國籍、出生地、住址，從小到大的履歷，以及這些人在加入到ＤＴＫ組織後曾經進行過什麼間諜行為，就是這次在海城案裏被捕的那些人，他們的資料也出現在這份文檔裏。

劉嘯不知道踏雪無痕是怎樣得到這些資料的，他連網路間諜組織成員的資料都能知道，那豈不是說，踏雪無痕是個間諜中的間諜？

文檔的最後，踏雪無痕提供了解決軟盟目前困境的幾個方案，當然，他說的困境，僅僅是指怎樣讓ＤＴＫ把攻擊停止下來。

第一，冒充Wind機構發出警告，因為這個Wind組織的頭領有個毛病，他不允許任何網路間諜機構在自己的地盤上搞東搞西，而ＤＴＫ之前製造的海城交通大混亂已經是觸犯了這個忌諱，這是上策；第二，利用掌握的ＤＴＫ成員資料和對方談判，對方已經栽進去很多人，但不會希望所有的人都栽進去，這是中策；第三，將ＤＴＫ完全曝光，徹底消滅這個組織，但如果失敗，就會招致更大的反撲報復，也可能會得罪ＤＴＫ背後的後臺，因為ＤＴＫ在網路間諜組織裏，是屬於第二種的，這是下下策，用踏雪無痕的話說，不是萬不得已，或者是萬無一失，絕不採用第三種方法。

劉嘯當然不會採取上策了，他現在才知道Wind到底是個什麼東西，方國坤以前就一直說自己是Wind的人，他派人來監控自己，估計也是這個理由。自己撇都撇不清了，如果此時冒充Wind的人發警告威脅ＤＴＫ，要是被方國坤那些人知道，那豈不是自己把把柄主動送給了對方嗎？

「看來只能從中策上想辦法了！」劉嘯自言自語著。

劉嘯想了想，從網上下載了幾個工具，先是把踏雪無痕的這份報告加密之後備份到網上，然後把隨身碟上的檔案徹底粉碎，之後在網上搜了搜，看看最先散佈「軟盟遭受攻擊」的網站是哪一個。

最後找到了最大的安全論壇上，消息就是從這裏被轉載出去的，劉嘯認為這個消息絕對是ＤＴＫ自己散佈的。軟盟昨天剛剛遭受攻擊，就是軟盟自己都還無法確定程度到底如何呢，這個消息就已經被轉載得到處都是，顯然是有人有意為之。

劉嘯運行工具，做了一個ＩＰ隱藏，在這個論壇上註冊了「風神」的ＩＤ，然後模仿真正風神那種瘋人瘋語的口吻，發表了一個帖子。

「我將對攻擊軟盟並散佈謠言的人進行制裁！」這就是劉嘯的標題，這個標題看起來非常可笑，誰知道你風神是哪棵蔥啊，竟然跑到這裏，一副審判者的口氣，張口閉口就是制裁。

劉嘯的帖子寫得雲山霧罩，稱攻擊軟盟的人是個邪惡的組織，是一夥別有用心的人，為了維護正義，他要求這夥邪惡的人退回到黑暗之中去，否則

就要制裁他們，帖子的最後，劉嘯挑了一個ＤＴＫ不太重要的成員的基本資料放在了上面。

任誰去看，估計也看不懂這帖子說的是什麼，至於後面那人的資料，就更讓人迷糊了，這是風神的資料呢，還是他所說的那夥邪惡之人的資料呢？很多人看了這廢話似的帖子，就喊著要版主把這個帖子刪掉。

劉嘯知道ＤＴＫ的人肯定會看見這個帖子，但為求保險，劉嘯又給ＤＴＫ組織的一個E-MAIL發去了信件，裏面只有這個帖子的連結位址。

做完這些，劉嘯把留在網吧電腦上的所有檔粉碎，然後起身結賬離開了網吧。

方國坤是在半夜被手底下的人吵醒，匆匆趕往基地，他的跟班小吳已經等在了那裏。

「什麼情況？」方國坤問道。

「重大發現！」小吳趕緊彙報著，「國內的一家安全論壇上，有個ＩＤ為『風神』的人發了個帖子，非常有價值！」

「詳細說說！」方國坤打開辦公室的門，開了燈。

「風神帖子雖然語言含糊，但帖子中處處暗指攻擊軟盟的不是一個人，而是一個躲在暗處的邪惡組織，特別是在帖子的最後，他附了一個人的基本資料，根據我們的資料顯示，這個人應該是ＤＴＫ組織的一個成員。」小吳頓了頓，「從這兩點看，這個風神應該知道ＤＴＫ組織，而最為可怕的是，他手裏很有可能掌握有大量ＤＴＫ組織成員的真實資料。」

方國坤也是有點驚訝，「這個風神的資料，你們查了沒有？」

「查了！」小吳說完又搖頭，「一無所獲，他設置了ＩＰ隱藏，我們無法得知發帖人的位置！我們還查了網上所有叫做『風神』的ＩＤ，從語言行為分析，我們發現有一個人非常符合，這個人兩年前曾活躍於各大安全論壇，常發帖，但被人譏諷為精神病，此後便消失於網路。」

「能不能得到這個人的資料？」方國坤皺眉，兩年了，很難追查的。

小吳搖頭，「不能！時間過去太久了！」

方國坤在屋子裏踱了兩圈，心裏也很是不解，這個風神到底是何方神聖，為什麼會對ＤＴＫ的事如此清楚，他發這個帖子的目的又是什麼呢？失蹤了兩年之久，他為什麼又要重現網路，僅僅是為了幫助軟盟嗎？

「你覺得這個人有沒有可能是劉嘯？」

小吳思索一會，「我看不像！如果劉嘯真的對ＤＴＫ瞭若指掌，那ＤＴＫ肯定不敢這麼明目張膽地報復軟盟，如果說這個人是那個神秘的『踏雪無痕』，那還有點可能！」

方國坤點頭，他也是這麼認為的，可惜的是，監控劉嘯的事被發覺了，已經不可能從劉嘯身上再知道踏雪無痕的下落了，「把這個風神添加到我們的監控對象裏，密切注意他在網上的任何言論。」

「是！」小吳立正。

看看天已經快亮了，方國坤一點睡意也沒有了，對小吳道：「你熬了一夜，趕緊去休息吧！」

「是！」小吳說著就要退出去。剛出了門，就有人走了過來，「吳科長，網監方面的最新報告！」

小吳接過來一看，道：「好，我知道了！」完了示意那人離開，又趕緊進了方國坤的辦公室，「頭，新消息！網監報告，那些攻擊軟盟客戶的行為三分鐘前突然全部停止了下來，而且，發表在安全論壇的那個帖子已經被發帖人自己刪除了！」

「看來，這個風神即便不是劉嘯本人，也必定和劉嘯有著千絲萬縷的關係！」方國坤一沉眉，「馬上派人，去調查一下兩年前劉嘯的全部資料！」

「是，明白！」小吳立正。

「告訴我們的人，寧可查不到，也不能再被劉嘯發現，否則……」方國坤嘆氣，自己這段時間花在劉嘯身上的力氣算是白費了。

「我明白！我會囑咐他們的！」小吳一個敬禮，拉開門走了出去。

第八章　最強訴訟案

五百多家企業共同起訴一家企業，這在以前是從來沒有過的事情，一時間，「史上最強訴訟案」、「史上最強大訴訟方」、還有「史上最衰的公司」之類的標題登上了各大媒體的頭條，這起訴訟案被炒得人人皆知。

劉嘯第二天到公司，就得到兩個消息，一個好消息，一個壞消息。好消息是他發現DTK的攻擊已經停止，而且那封帖子已經被刪除了，踏雪無痕的方法果然奏效；而壞消息就是今天所有的報紙和雜誌都刊登了這件事，軟盟因客戶受到攻擊而遭受的影響被無限放大。

公司的業務全都終止了，就連那些平時排著隊等著軟盟去給他們設計安全方案的海城企業，也暫時終止了和軟盟的合作，雖然這次攻擊並沒有海城的企業受損，公司裏的人一下全都歇了下來，這下估計人事部的負責人再也不會擔心人手不夠用了。

這些劉嘯早就預料到了，這也是沒法阻止的事情，他現在倒盼著那些遭受損失的企業趕緊把軟盟告上法庭，一旦法庭有了結論，這些對軟盟的懷疑和恐慌自然就會結束。

但劉嘯也知道，這需要一段時間。一座大樓，你要拆掉它只是頃刻之間的事情，要將它重建，卻得花費很長的時間，這段時間，將是軟盟最難熬的一段時間。現在的軟盟，只有暫時放棄過去的固有業務，轉而全力研發和推行新項目，不能就這麼等著結果出來的那天。

劉嘯按了一下業務部的電話，「讓負責媒體公關的人去聯繫一下媒體，召開記者招待會澄清事實，並在報紙上發表闢謠公告，把影響盡可能減少。」

掛了電話，劉嘯又給海城公安局打了電話，稱軟盟遭到有心人的惡意攻擊，要求警方介入，立案偵察，儘快查清事實，把這夥故意打擊和詆毀軟盟的人揪出來，恢復軟盟的聲譽。

劉嘯剛掛電話，大飛就敲門走了進來。

劉嘯笑著站了起來，「大飛，快坐，我正好要去找你呢。」劉嘯過去給大飛倒了杯水，「我想暫時終止軟盟以前的業務，全力支持你的那個個人反間諜反入侵的項目，你看如何？」

大飛看起來情緒很低落，並沒有坐，而是搖頭道：「以後你不用再和我商量了，你自己覺得怎樣好就怎樣做吧！」說著，從口袋裏掏出一張紙，說：「這是我的辭呈，請你批准！」

「辭職？」劉嘯驚訝得差點把水給灑到手上，「為什麼？」

大飛往前兩步，把辭呈放在劉嘯的桌子上，「原因我都寫在報告上了！」

「不管什麼原因，我都不會同意你辭職的！」劉嘯把水杯往茶几上一

放，「軟盟現在需要你！」

「我是經過深思熟慮的！」大飛回頭看著劉嘯，「再說，軟盟少我一個，還是會繼續運轉下去的！」

劉嘯非常地不解，極度鬱悶往沙發一坐，「你是不是因為昨天和我吵架的事才辭職的吧？如果是那樣，我可以在全體員工面前給你道歉！」

「不是！」大飛看著劉嘯，「我大飛還沒有那麼幼稚，我不會因為和一個人吵架就選擇辭職！而且你說得也沒有錯，現在確實不是追究誰是誰非的時候，畢竟他們攻擊的是軟盟，是軟盟的人，此時都應該團結一心來共度難關！」

「那你為什麼還要辭職？」劉嘯急得都想上去掐大飛的脖子了。

「我覺得我能力有限，留在軟盟，只會拖累到大家！」大飛道。

「放屁，你要是能力有限，那軟盟能留下的就沒有幾個了！」劉嘯站了起來，瞪著大飛，「誰都可以走，就是你不能走。拿這麼個破理由辭職，你糊弄誰呢！」

「我要是有能力，那軟盟現在就不會是這個樣子了！」大飛也火了，大眼和劉嘯死死對視著，「都他娘的被人欺負成這個樣子了，我卻連對手是誰都不知道！我有個屁能力啊，對手躲在暗地裏一刀一刀地向軟盟捅，我也只能乾著眼看，一點忙也幫不上，甚至不知道力氣該往哪裡使！」

大飛頓了頓，舒緩了一下自己的情緒，「你痛快點，直接准了我的辭職，我今天不想和你吵架！」

劉嘯無語，原來大飛真正生氣的是在這裏，「大飛，不是我不想告訴你，而是告訴你，只會多一個人被捲進來，我把軟盟拖進來已經夠後悔了，我不想再多一個人被我拖累。」

劉嘯神色很無奈，自己只不過多知道了一些秘密，就被人監控了起來，這種滋味自己最清楚，他不想大飛也像自己一樣被監控，「但我可以給你保證，以後這樣的事絕不會再發生！」

大飛搖頭，「無所謂了，反正現在我也不想知道了。」

劉嘯咬牙道，「到底我要怎麼做，你才肯留下來？」

「不管你怎麼做怎麼說，我都已經鐵定要離開軟盟了！」大飛說這話，臉上也是非常的感傷，「你是個有想法有魄力的人，當你接掌軟盟的時候，我是真心地高興，非常願意和你一起用心地經營軟盟，重振軟盟往日的威風。可後來我發現，其實我們根本就不是一條道上的人。」

劉嘯詫異地看著大飛，「我們怎麼不是一條道上的人？我一直都覺得我們之間的合作非常默契開心！」

大飛苦笑搖頭，嘆氣不止，「軟盟是一塊凝結了兩代駭客人心血的招牌，如果這塊牌子砸在我們的手裏，那我們就是中國駭客界的罪人。我和你不一樣，我說不出你那樣的話，什麼『創造世界安全技術新潮流、鑄造駭客精神之靈魂』，這些我統統不關心，我只想把軟盟小心翼翼地經營好，不能讓這塊招牌毀在我們手裏。可你不同，你說的做的都太超前了，你更喜歡去冒險，軟盟的舊業務被你一個接著一個的砍掉，然後去推行一些不切實際的空頭項目，其實這些我心裏是很不贊同的，可是為了能讓剛遭大劫的軟盟能夠穩定，我都按照你的意思去辦了。

「我和你一樣，在心裏都對軟盟有個解不開的情結，即便是在老大他們執掌軟盟的時候，我都沒有想過要離開軟盟，我相信他們這夥人囂張不了多久的，更不要說軟盟現在正處於困難的關口。我很不願意這個時候離開，但我不得不走，如果軟盟這次能度過難關，那我以後肯定不會再任由你去按照自己的意思幹，我留在這裏，只會阻礙你那些計畫的實施。軟盟需要一個穩定的發展思路，你就痛快點放我走，雖然我現在走有點不道德，但至少很體面！」

「你有想法為什麼不早說？」劉嘯此時真想去敲爆大飛的腦袋，雖然他決定了的事就不會改變，但他也不是剛愎自用的人，如果大飛能早點說出來，那劉嘯至少會知道大家有不同的意見，他會解釋到讓大家都接受他的想法，而不是一直活在「大家齊心協力」的幻境裏。

「如果你說了，我肯定會聽取你的意見，也會給你解釋清楚我那麼做的原因！」

「不用了。」大飛搖頭，「我已經決定離開，這點不會再改變了！」

劉嘯氣得踱了兩圈，「不解釋也行，但你不能走。你給我兩個月的時間，我會用事實來兌現我當初的承諾！」

「留著我到那時候，來看我的笑話，還是羞辱我？」大飛苦笑。

「那你留下來，如果我那時候沒有成功，你來羞辱我，這樣就總行了吧？」劉嘯大喝。

「何必呢！」大飛笑著，「雖然我們想法不一樣，但還沒必要鬧到翻臉的地步吧，如果我真要因為這個原因而留下來，你還會拿我當朋友嗎？」

劉嘯無語，往沙發上一坐，「反正只要我在，你就別想走！」

「那我就天天和你吵，你往東我就往西，直到把軟盟整散夥了！」大飛瞪著劉嘯，「我大飛說到做到！」大飛說完，也一屁股坐在了沙發裏。

兩人就這樣生著氣，誰也沒說話。

「砰砰砰！」大概過了十來分鐘，業務部的負責人敲門走了進來，看見兩人都在，便道：「劉總，我給你彙報一下情況！」

劉嘯咳了兩聲，說：「坐下說吧！」

「不了！」業務部的負責人推辭了一下，「我們已經好幾個小時沒有收到客戶的投訴了，應該是對方的攻擊已經停止了！」

「嗯！」劉嘯點頭，「具體的情況統計出來沒有？」

業務部的負責人從檔案夾裏掏出一份文件，「出來了，總共遭到攻擊的客戶是兩千三百多家，我們跟這些客戶都已經聯繫過了，其中有一千四百多家企業稱自己沒有什麼實質性的損失，但他們要求我們必須要調查清楚被入侵的具體原因；剩下的九百多家企業各有不同程度的損失，現在正跟他們協調，不過難度較大，一些損失嚴重的企業態度非常強硬，稱沒有協調的餘地。」

「唔！」劉嘯再次點頭，接過那份文件看了一下，道：「我的態度不變，派出我們能派出的所有人，到那些願意協調的企業去調查，弄清楚入侵的原因，然後按照當初的協議，該我們賠償的我們賠償，不該我們賠償的就絕不妥協，如果對方有需求，我們可以提供技術幫他們恢復受損的資料。」

「那些不願意和我們協調的客戶呢？」業務部的負責人有些疑慮，「難道就讓他們去法院起訴我們嗎？」

「不要理他們，就讓他們去告我們！」劉嘯在文件上簽字，「他們要是不去告，我們軟盟縱然是有一萬張嘴，也說不清楚自己的清白了！」

「呀！」業務部的負責人這才有點明白了，「劉總，你是要用法院的宣判來……。我明白了，我這就去辦！」

業務部負責人樂了，原來劉嘯的真正用意是在這裏。

「去吧！」劉嘯又叮囑兩句，「這事一定要保密，如果他們不去法院告我們，那我就找你的麻煩！」

「你放心吧，劉總！」業務部的負責人笑著就要走，「就是他們不想去，我也要攛掇著他們去！」

送走業務部的負責人，劉嘯看著大飛，皺眉問道：「你真的要走？沒有商量的餘地？」

「我已經決定了，不會變！」看得出大飛是使了不小的勁才把這話說出來的。

劉嘯又踱了兩圈，嘆道：「強扭的瓜不甜，既然你鐵了心要走，那我也不能強人所難，做不成同事，我希望咱們能做永遠的朋友。」

大飛站了起來，「謝謝，我們一直都是朋友！」

劉嘯在大飛的肩膀上狠狠捶了一拳，「記住，如果有一天軟盟需要你的幫忙，你絕不能推辭！」

大飛還了一拳，「你也記住，最好不要有那個時候，否則我第一個饒不了你！」

「哈哈！」兩人相視而笑，但笑中都有些苦澀。

劉嘯進入軟盟唯一交到的知心朋友就是大飛，他不願意讓大飛走，他想和大飛一起去努力，改變軟盟現在這種不死不活的狀態。而大飛在劉嘯接手軟盟的時候，估計也沒想到兩人會這麼快就分道揚鑣。

大飛的走，讓劉嘯明白了兩件事，第一，真正的朋友是要共患難的，自己想把所有的事都自己扛，覺得這是為大飛好，卻讓大飛覺得自己疏遠了他，這是他離開的原因之一；第二，不是別人做了的事，就認為這事是對的，大飛執行了自己的思路，可大飛從一開始就不認同，劉嘯以前都是單打獨鬥，頭一次和人共事，便吃了這個虧，看來想要執掌一個企業，並沒有他之前想得那麼輕鬆。

業務部的負責人沒有令劉嘯失望，但他做得也確實太猛了，在短短兩天內，那九百家有損失的客戶，就有四百二十多家到法院起訴了軟盟。

軟盟這幾天收到最多的，就是法院的傳票，以至於到最後，連法院都懶得寄了，乾脆成立了一個臨時協調小組，凡是接到一起起訴軟盟的案件，他們就會立刻聯繫對方，要求對方成立一個共同的起訴方，把多案併入一案審理。要是挨個去審，法院估計都要瘋掉了。

海城法治史上，說不定也是國內法治史上最強悍的一起訴訟案就這麼誕生了，被訴方只有一家，那就是軟盟科技，而起訴方最後竟然達到了五百多家之多，這些企業囊括了國內所有的行業。

有一家全國連鎖的專業擦皮鞋的公司，本來都和軟盟講好了的，一看別人都起訴，也跟著起訴了。法官都有些哭笑不得了，因為他實在想不出這家公司會因為駭客入侵而遭受到什麼樣的「嚴重損失」。

五百多家企業共同起訴一家企業，這在以前是從來沒有過的事情，一時間，「史上最強訴訟案」、「史上最強大訴訟方」、還有「史上最衰的公司」之類的標題登上了各大媒體的頭條，這起訴訟案被炒得人人皆知。

在所有人看來，軟盟這次是死定了，五百多對一個，根本就沒有輸官司的可能，到時候只要一宣判，那軟盟就得立時破產倒閉了。

拒絕了所有媒體採訪的軟盟，此時卻顯得太過靜悄悄了，公司的業務全部終止，閒著的人都被派出去到客戶那裏調查協調去了，公司裏就剩下幾個部門的負責人負責統籌協調。雖然冷清至極，但公司每週的例會居然還在照常進行。

劉嘯和往常一樣主持會議：「關於這次危機，咱們就討論到這裏了，散會後大家一定告訴我們的員工，公司要恢復到以前的正常狀態，會需要一段時間，讓大家一定要有耐心，要有信心，困難只是暫時的！」

業務部的負責人笑說，「劉總你放心吧！這兩天，我們的人大概調查了超過兩百家的客戶，全都不是因為我們產品的原因而造成的入侵，是他們的安全防範措施太過於落後，這場官司看似沒有希望，但最後贏的肯定是我們軟盟，這點我會給大家解釋清楚的！」

其他人也跟著點頭，會上大家把現在的形勢一分析，就基本都明白是怎麼回事了，之前的那種濃重的慘澹氣氛就淡了很多，人事部的負責人還笑說，「到時候咱們贏了，那這些天媒體的炒作，可算是給咱們做了一個免費的巨無霸廣告啊！」

眾人大笑。

劉嘯笑了笑，示意大家安靜，「那咱們進行下一個議題。雖然說我們現在處於一個最困難的階段，但也不能因此耽誤了公司的發展，策略級產品以及個人反間諜反入侵系統的研發，還是要繼續進行下去。策略級產品是由我負責的，這沒有任何問題，我最近一直都在按部就班地進行；個人反間諜系統以前是由大飛負責，現在大飛一走，這個項目就被擱置了，我想和大家商量一下，找個合適的人出來把這攤子事撐起來。」

這下眾人都給難住了，要說找人，現在軟盟裏閒著的人是一抓一大把，但要找到合適的人來擔任這個項目卻不容易。大飛的技術是有目共睹的，公司裏沒幾個人能超過，這個個人反間諜反入侵系統的項目，是軟盟將來發展的一個重頭戲，大飛走了，接手的人也必須是和大飛同樣水準的才行，至少不能弱於大飛。一夥人把公司技術好的幾個核心人選想了一遍，最後都搖了搖頭，這些人的技術偏重方向和項目要求略有不同，沒有人敢冒險啊。

要說絕對合適的人，倒是有一個，那就是劉嘯，可這幾天所有的人都看見了，劉嘯是沒日沒夜地待在實驗室裏，就是現在開會，都還帶著黑眼圈呢。再說，也不能把所有的事都讓劉嘯一個人做吧。眾人在那裏犯難了，不知道該怎麼說。

「我來做吧！」坐在角落裏，從開會到現在始終沒說過一句話的商越終於開口了。

眾人齊刷刷朝商越看去，商越好不容易鼓足的勇氣頓時一下全跑光了，站起來支吾道：「我…我想……想試試！」

「你以前做過這樣的項目嗎？」人事部的負責人第一個就質疑了，商越到公司以後，一直都是悶在電腦前搞什麼報告，大家都不清楚她的真正水準。知根知底的人，大家都不敢讓其去冒險，何況是商越？

商越低著頭，沒說話。

劉嘯笑說：「你別慌，坐下說，說說你的想法，你為什麼想去做這個項目！」

商越抬頭看了劉嘯一眼，深深吸了口氣，道：「我以前做過類似的系統，關於那個項目的設計報告我也看過，我明白那個項目的設計思路和方向，我覺得我可以試一試！」

「你是怎麼理解那個項目的？」劉嘯問道。

「簡潔、實用、高效，這就是那個系統的核心！」商越答道。

「不錯！」劉嘯點頭，「那你有多大把握？」

「我想……」商越習慣性地咬了咬嘴唇，「我想我有八成以上的把握！」

劉嘯沉吟了片刻，道：「好，我相信你，這個項目就由你去負責！」

劉嘯知道商越輕易不給人打包票，只要打包票，自然是有了十足的把握，而不是她說的八成而已。

劉嘯又看了看其他人，「我知道你們現在肯定很不理解，認為我啟用商越這樣的新人太過於冒險了。不過，我這可不是心血來潮，我是有依據的。」

劉嘯從文件夾裏翻出一份厚厚的報告，「這是商越做的關於組建網情部的報告，不得不承認，這份報告做得非常完美，換了是我，也絕對做不到如此完美仔細！」

劉嘯把報告往眾人面前一推，「當然，我的看法並不一定就對，我建議成立一個技術評審組，評審組一評審，就知道商越的水準高低了！這也是咱們今天的第三個議題，如果評審組認為沒有問題的話，咱們的網情部就按照這份報告開始組建！」

眾人接過去，挨個傳閱了一下，也看不出什麼，道：「好，回去我們就立刻成立評審組！」

「好，那咱們今天就議到這裏吧！」劉嘯還特意看了一下商越，「在評審組評審結果下來之前，我看那個項目就暫時先由商越負責，既然商越提出來要試一試，我覺得我們應該給她這個機會，大家說是不是呢？」

眾人眼光一對，就有了主意，反正也不會有什麼損失，就讓這個新人去試一試吧，於是就同意了。商越很激動，看著劉嘯。

眾人正要散會，會議室的門被推開了，熊老闆走了進來，看見眾人各個都是滿臉笑意，當下就眉頭一沉，「劉嘯，我有話跟你說！」

「那就散會吧，你們再合計一下，把具體的細節都落實了！」劉嘯站起來，準備領熊老闆進自己的辦公室。

「你看你們這裏還有個公司的樣子嗎？」熊老闆對軟盟一直都是撒手不

管的，而且他脾氣不錯，難得生氣，今天算是破了例。

他指著那空蕩蕩的辦公區，「你看看，一個幹活的人都沒有，你們居然還有心情笑？」

「別發火，別發火！」劉嘯把熊老闆往自己的辦公室推去，「等我給你彙報完，你再發火也不遲！昨天那個沒心沒肺的張小花都破天荒地主動打電話來安慰我，我就猜測你也快坐不住了，果然讓我給猜著了！進去說，我正好有事還得請你幫忙！」

熊老闆瞪了劉嘯一眼，朝劉嘯辦公室走去。

一個運作良好的企業，突然間就陷入了業務全面停頓的狀態，而且還惹上了那麼大的官司，他就是個聖人，那也坐不住了。看劉嘯此時還一副嬉皮笑臉的樣子，熊老闆真是氣不打一處來，可又不得不忍住，也罷，自己倒要聽聽這小子現在還有什麼好說的。

半個小時不到，熊老闆從劉嘯的辦公室出來了，進去時他還是滿臉的冰霜，出來的時候就已經全面回春了。

他拍著劉嘯的肩膀，笑道：「好，你趕緊忙去吧！你說的那事就放心吧，我回頭給你辦妥！」

「我送你下去！」劉嘯跟在後面。

「不用不用！」熊老闆擺著手，「你忙去吧，我自己回去就行了！」也不知道劉嘯給他吃了什麼藥，他現在一臉的滿意。

熊老闆走後，劉嘯撥通了黃星的電話，開門見山就道：「黃星大哥，我是劉嘯，我有事想請你幫忙！」

黃星十分意外，也有點高興，道：「你說，只要我能幫得上的，我絕不會推辭！」

「就是軟盟的這場官司，既然已經進入法律程序了，法院肯定會把鑑定入侵原因的工作移交給你們網監去做，我想……」

「你想我們在鑑定的時候對軟盟有所偏向？」黃星沒等劉嘯說完，就急著問道。

「不是，你們只要實事求是地去做好鑒定工作就可以。」劉嘯頓了頓，「我的意思是，我希望你能想想辦法，讓所有的鑑定工作能在最短的時間內完成，最長不能超過二十天！」

「你這是什麼意思？」黃星有點納悶，這似乎不算是幫忙啊。

「我希望能儘快地把這個官司了結了。」劉嘯嘆了口氣，「我瞭解過了，按照正常的程序，這個案子等宣判至少得三個月的時間，但我們軟盟不可能等這麼久，現在公司的業務全面停頓，員工們如果長時間看不到起色，就會喪失堅持下去的勇氣和信心。所以，我已經請人去法院做工作了，希望能夠特事特辦，將審理的過程縮短，但這需要你們網監的配合！」

「我明白了！」黃星一沉眉，「我會通知各地的網監部門，優先處理軟盟的這起案子，不需二十天，半個月內，我保證把所有鑑定取證的工作做完！」

「那我就謝謝你了！」劉嘯道謝，「這事就拜託黃星大哥了！」

「你說這話是在罵我！」黃星很不爽，「是我應該謝你，是為了協助我們網監的工作，才連累了軟盟，現在需要我們網監做一點舉手之勞的事，那是我們應該的！」

「好，那我就不和你客氣了！」劉嘯笑說，「你下次再來海城，我請你吃大餐！」

「事不宜遲，我現在就去通知！」黃星終於等到了可以使點勁的時候，非常高興，不再和劉嘯多廢話，直接幹正事去了。

掛了電話，劉嘯就進了實驗室，他現在把所有的時間和精力都投入到策

略級產品的設計上，按照劉嘯的計畫，軟盟能不能夠翻身，很大程度上也得取決於這個產品能不能提前完成，所以這幾天劉嘯通宵達旦地工作。現在公司這種狀態，剛好給了劉嘯很充裕的時間，讓他不用再分心去處理公司的事務，因為根本就沒有事務。

外面的媒體天天都在炒作這起官司，網上也是議論紛紛，軟盟的老底全被挖了出來，甚至包括老大他們的事，這本來是件非常隱秘的事，劉嘯不得不相信踏雪無痕常說的那句話「天下沒有不透風的牆！」軟盟除了發表過一份闢謠的聲明，便再沒有任何舉動，也不接受媒體採訪，任憑著他們隨便炒作。

軟盟進入了公司歷史上最難熬的時期，雖然各部門的負責人不斷地給員工加油打氣，但看得出，這沒有什麼效果，大家對軟盟的前途並不看好，只是一時還捨不得離開軟盟，所以咬牙堅持著，希望能在短時間內看到好轉的希望。但堅持的同時，一些人已經開始為自己的前途另做打算了。

將近一個月的時間就這麼過去了，法院方面終於放出了消息，因為這起案件特殊，而且證據工作已經做完，所以，這起案件將會提前審理，法院給雙方發了出庭通知。

前臺美眉此時百無聊賴地坐在那裏修著指甲，好幾天都沒人來軟盟了，找人的都沒有。

「小姐，我要見你們劉總！」電梯裏出來一位老外，操著半生不熟的中文說著。

「對不起，我們劉總不接受採訪！」前臺美眉放下了指甲刀，看了老外一眼，心裏暗道：媽呀，事情鬧得真大，都捅出國界了。

「對不起，我不是來採訪的，我是來和你們劉總商量事情的，這是我的名片！」老外把自己的名片遞了過去。

前臺美眉接過去一看，又打量了一下老外，道：「我想起來了，你兩個月前來過！你跟我到會議室稍等片刻，我去通知劉總。」

這個老外，就是ideface的那個副總裁。

前臺美眉來到實驗室門口，敲了敲門，「劉總，劉總！」

沒反應，前臺美眉有點納悶，早上明明看見劉嘯進去就沒出來啊，於是又敲了幾下，還是沒反應，最後一急，直接就推開了門。

一開門，就見劉嘯戴著個耳機，在電腦前手舞足蹈，跟耍猴似的，不知道在幹什麼。

「劉總！」前臺美眉過去把劉嘯的耳機摘了，「有人找你！」

「呃？」劉嘯停下動作，「你怎麼進來的？誰找我？」

「ideface的人！」前臺美眉往劉嘯的電腦上瞥了兩眼，發現什麼都沒有，就很奇怪，「你剛才幹啥呢？」前臺美眉學著劉嘯的樣子舞動了幾下。

「沒事，沒事！」劉嘯把耳機放到桌子上，一臉喜悅，「就是高興！」

前臺美眉立時就傻了，不知道喜從何來，她很懷疑，整天悶在實驗室裏，難道還能憋出什麼高興的事嗎？

「走走走，看看去，我正想找ideface呢，沒想到他們就來了！」劉嘯把前臺美眉推出實驗室，轉身鎖好門，「真是天助我也！」

「你好，Robin先生，好久不見！」劉嘯笑呵呵地推開會議室的門，過去和那個副總裁握手。

「你好，劉總！」Robin起身。

「請坐！」劉嘯說著，自己也坐了下來，「Robin先生此次亞洲之行，還順利吧？」

Robin搖了搖頭，「很不順利，像劉總這樣睿智而有遠見的人，實在是太少了！」

劉嘯頓了頓，「這事得慢慢來，在沒有看到共用漏洞的好處前，就很少有人會選擇和ideface合作！」

「我們的團隊都已經回國了，我也準備回去了，這次特意繞道中國，是受總部委託，前來確認一件事情！」Robin看著劉嘯，「下周，今年的黑帽子大會就要舉行了，我們想知道劉總是否可以到會，有沒有準備什麼發言，這樣我們可以做一些會議日程的安排！」

「我肯定是無法到會了！」劉嘯道。

「為什麼？」Robin很不解，「你之前不是已經答應過了嗎？」

「軟盟現在遇到了點麻煩，可能你也聽說了！」劉嘯看著Robin說道。

Robin點頭，表示自己也聽說了。

「法院下周將開庭審理這件案子，作為軟盟的負責人，我得出庭；而且，作為重大案件的被訴方，按照法律規定，我這時候估計也無法出境。」劉嘯無奈地聳了聳肩，「不過，我們軟盟會另外派人參加，而且，我還有件事要請Robin先生幫忙！」

「你請說！」

「在這次黑帽子大會上，我們軟盟想要做一個專題！」劉嘯說。

「什麼專題？」Robin問道。

「我記得去年微軟曾在黑帽子大會做了一個專題，他們把自己剛剛發佈的新一代作業系統放在了大會上，邀請所有有能力的人上臺測試系統的安全性！」劉嘯頓了頓，說：「我需要這樣的一個專題！」

Robin面有難色，「這個我無法決定，如果你是想做個發言的話，我可以保證。你們軟盟有什麼產品要測試嗎？」

「嗯，確實有個產品要讓諸位同行來測試一下！」劉嘯笑說，「所以還請Robin先生和你們總部商量一下，如果可以，我們軟盟會支付給大會一筆贊助費用！」

「這個……」Robin猶豫了片刻，「好吧，那我現在就和總部聯繫一下！」Robin說完，掏出電話。

「好！那就麻煩你了！」劉嘯起身出去，留下Robin和他們的總部聯繫。

過了十來分鐘，Robin從會議室裏走了出來，喊著劉嘯。等劉嘯過來，他伸出了手，「恭喜你，劉先生，我們總部同意了你的要求！」

「太好了！」劉嘯忍不住大聲叫好，和Robin緊緊握手，「太感謝你了，Robin先生！」

Robin笑著搖頭，「該感謝的不是我，總部能同意你的要求，是因為這是中國駭客第一次正式出現在大會上，有人想要看看中國駭客的實力。所以，你們也不必支付贊助費用了，有人會為你們買單的！」

「誰？」劉嘯一時愣住了，該不會他們從一開始就是因為這個原因才邀請軟盟參加的吧？

Robin還是搖頭，「我暫時還不能告訴你，不過，我可以告訴劉總，我們都很期待著中國駭客的表演！」

劉嘯只得收回了自己的好奇，道：「我們同樣期待其他同行的精彩表演！」

Robin笑說：「既然這事已經決定下來了，那我就儘快趕回去了。大會臨近，總部那邊還有很多事等著我去處理呢！」

「那我就不留你了！祝你一路順風！」劉嘯笑著，就把Robin送出了公司的大門，然後站在那裏發愣。

「奇怪！到底是誰想看中國駭客的實力呢！」想了半天也猜不到，劉嘯只得作罷，「不管是誰，估計他這次都要失望了！」

第九章　虛擬攻擊

去年的黑帽子大會，西德尼曾發表主題演講，題目是「虛擬攻擊」。利用這種技術，駭客只要製造出一個合法的虛擬帳號，就可以「合法化地入侵」你的電腦。西德尼稱這種手段無堅不摧，而且不會留下任何痕跡。

四天之後，在美國的拉斯維加斯，本年度的黑帽子大會就要開幕。這個當初只有幾十人參加，秘密討論病毒技術的會議，發展到今天，已經演變成全球矚目的安全技術高峰會。

全球最出名的安全公司、軟體公司曾經在黑帽大會上名聲掃地；名不見經傳的人物曾在這裏一鳴驚人，榮膺全球×大駭客之一；隨便一項安全技術的報告，就足以影響整個世界網路安全的格局，這大概就是黑帽子大會的魅力所在，這也是很多人、很多企業即便是在這裏栽過跟頭，卻仍然樂此不疲的原因，這是一群技術瘋子一年一度的狂歡會。

以前的黑帽子大會，討論的純粹就是攻擊，但在主辦方的努力下，黑帽子大會的議題越來越多元化，涵蓋了當前世界電子領域內的所有安全話題，包括語音服務安全、數位鑑識、硬體、作業系統核心、逆向工程，零時攻擊以及零時防禦等，甚至連以往只有白帽子駭客才討論的話題，比如應用程式安全測試等也包括在內。

幾年前，那些全球最出名的軟體商、安全商，還對黑帽子大會恨之入骨，因為每一次大會結束，他們就得為修補無盡的漏洞而累到吐血。現在，他們也慢慢參與到了黑帽子大會之中，甚至在這裏暢談他們對未來的發展構想。

大會現場四周的牆壁上，懸掛了許多投影螢幕，最大的一面，是用來放大前臺演講人之用的，這樣可以讓會場最後一排的人也能看清楚演講人的一舉一動。旁邊還有一面輔助的投影幕，演講人在電腦上的操作會被同步傳送到這裏。

按照大會的安排，大會前幾天是一系列的專題培訓，能夠這此期間登臺演講的，都是駭客堆裏最最頂尖的高手，他們將把自己研究的最新成果、最犀利的攻擊手法以及最強悍的駭客工具在這裏給與會人員共用。

至於其他投影幕也是各有用途，其中一面投影幕上不斷刷新著一串串數字和字元，這個叫做「黑牆」，是由幾個瘋子發起的，他們把那些到會人員的手機和手提電腦駭掉，然後把他們的手機號碼和電腦用戶名公佈在這面牆上。

所有的與會人員都到場了，只等主辦單位宣布開幕，這場技術盛會就要開始。

此時，前臺旁邊的一塊區域被推出兩台電腦，主投影幕把鏡頭切換過去，那些推電腦過來人員的一舉一動，都被在場的人看得一清二楚。

一個工作人員拿出一張剛剛拆封的微軟作業系統安裝盤，在一台電腦上開始安裝作業系統，大家都看清楚了，所有的安裝過程全部都在眾人眼前完成，而安裝完成的系統版本顯示，這是一款還沒有打過補丁的舊版本。

按照駭客圈裏的說法，這樣安裝的作業系統，至少能用兩百種以上的入侵手法攻進去，大家戲稱此為「篩子系統」。所有人都在猜測工作人員的用意，難道這是大會帶給大家的一個娛樂小活動嗎？

工作人員安裝完成後，又拿出一張光碟，他特意讓大家看了一下光碟上那個安裝檔的容量，只有八百多ＫＢ，這個軟體的安裝可以說是瞬間就完成了。

正在所有人都搞不清楚這個軟體是做什麼用途的時候，主螢幕切換了回去，與此同時，側邊牆上的一個投影幕亮了起來，上面兩行大字：「一個篩子系統，含有一款軟體防火牆！」下面是一行小字：「如果你認為自己行，就請下場一試！」

「嘩！」整個會場都沸騰了，原來是讓人去入侵這個篩子系統。

一個篩子系統才安裝了一個小小的軟體防火牆，就敢如此大口氣，當時就有人忍不住要下場挑戰，但被工作人員給攔住了，因為大會的主辦者已經走上了前臺。

ideface的總裁滿臉笑意地走上前臺，「我很榮幸向大家宣布一個數字，此次黑帽子大會的與會人員達過了八千，這個數字是去年的兩倍，這說明，我們的黑帽子大會正在成為世界最一流的頂級安全論壇！」

會場人頓時掌聲雷鳴。

「而且，這次的黑帽子大會，是第一屆真正意義上的全球高峰會，以往很多沒有參加過大會的國家和地區，他們的高手今天也受邀前來參加，讓我們為他們的加入致敬吧！」

會場再次鼓掌。

ideface的總裁指著前臺旁邊的那兩台電腦：

「大家剛才可能也注意到了這兩台電腦，這是首次參加黑帽子大會的中國同行為我們帶來的一件小禮物，從現在開始到本屆大會結束，只要你們誰認為自己夠強，就可以隨時過來一試。只要能攻入這個篩子系統，主辦單位將會送上一份精心的禮物——拉斯維加斯豪華三日遊！」

ideface的總裁微笑著向大家宣布。

會場裏此時已經不能用沸騰來形容，到處都響起尖銳的口哨，很多人已

經躍躍欲試了，在他們眼裏，篩子就是篩子，就算孔再細，也一定有東西能鑽得過去，只要成功，就有拉斯維加斯三日遊，可以住進豪華的總統套房，有香檳美女陪伴，最重要的是，這一切都是免費的。

「好了，想必諸位手上都已經拿到了此次大會的日程表，接下來的幾天，你們可以根據自己的喜好來選擇感興趣的主題演講！」ideface總裁環視了一下大會現場，「我宣布，讓全世界都為之顫抖的技術高峰會正式開始！」

同一時間，海城，轟動全國的五百對一個的商業索賠案件，也開始了第一次庭審，熱鬧的場面一點都不比黑帽子大會遜色。

第一次庭審，法院不允許媒體進入，只讓幾個大媒體派了記者進去旁聽，但這絲毫沒有影響媒體們的熱情，有的媒體甚至提前好幾天就在法院前面佔據了有利位置。

參加庭審的史上最強起訴方，一到法院門前，就被媒體圍了個水泄不通，當然，他們不可能全部都來，便成立了一個臨時的聯盟，選出了十位代表全權負責這起「史上最牛訴訟案」。

代表們滿臉自信，「我們這次邀請了國內最好的經濟案方面律師張飛來負責這起訴訟，此前張律師打過的經濟案件，全部都是勝訴，所以對於打贏這場官司，我們信心十足！」

而有的代表則是一副義憤填膺的神態，「我們打這起官司，不是為了賠償。可能大家都已經知道了，軟盟表面上號稱是國內最好的安全機構，背地裏卻是一個不折不扣的『網路黑社會』，他們一面把自己的東西賣給我們客戶，另一方面卻不斷製造網路危機，大肆攫取不義之財。我們這次之所以聯合起來起訴軟盟，就是要讓這樣的網路黑社會倒閉，讓他們把吃進去的都吐出來！」

媒體們好不容易逮住一個代表，趕緊對著這位代表一陣狂拍。

此時卻傳來一個很刺耳的聲音，「我提醒這位訴方的朋友，在媒體面前講話時一定要注意，凡事都要講證據，憑你剛才的那番話，我完全可以去告你毀謗！」

眾人看去，原來是軟盟的代表也來了，說話的正是軟盟的業務部負責人，他的後面跟著律師以及劉嘯。

媒體圍上去紛紛詢問著，但都是同一個問題：「你認為軟盟有多大的機率勝訴？」

「誰勝誰負，庭審結束之後，大家自然就知道了，現在我們軟盟不會發表任何看法！」業務部的負責人仍是用這種官方說法應付媒體。

媒體們不肯放過，圍著軟盟這幾個人，非要他們發表一下意見。業務部的負責人準備撥開這些媒體，好讓劉嘯和律師趕緊進去，卻被劉嘯給攔住了。

劉嘯一反常態，笑呵呵地看著眾家媒體：「既然大家非要我們發表看法，那我就說一句，只一句！」

所有的媒體都把焦點對準了劉嘯。

劉嘯此時一臉笑意，笑得比起訴方那些代表還要燦爛：「雖然我們已經有足夠的證據證明我們軟盟此次必定勝訴，但此時此刻，我不得不遺憾地告訴大家，我無可奉告！」

「啊！」

所有的人花了好幾秒的時間，才把劉嘯話裏的彎彎繞明白，然後都傻了，劉嘯這意思好像是說此次軟盟肯定勝訴。

這讓所有的人都大感吃驚。話的意思大家都明白，可怎麼感覺像是沒聽懂一樣，因為在眾人想來，此時軟盟應該是一片愁雲慘霧才對；就算不愁，至少也應該像剛才那位代表一樣，板著臉說一聲「恕不發表意見」才對嘛！

就在所有人發愣的工夫，劉嘯幾人進了法庭。

一個小時後，第一次庭審就匆匆結束了，法院首先宣讀了網監提供的事故鑑定報告，史上最強大的起訴方被當頭打了一悶棍，事先準備好的佈局完全被打亂了，匆忙應手，卻完全招架不住軟盟的攻勢，最後不得不暫時休庭，準備第二次開庭。

接下來兩天，雙方在法庭上唇槍舌劍，辯個不休，能使出的招數都使盡了，法院也基本有了定論，準備近日宣判。

參加了幾次旁聽的媒體終於從法庭上的辯論中回過味來，他們的報導中不再出現起訴方必勝的字眼，反而覺得之前處於絕對弱勢的軟盟，似乎有翻盤的可能。

一些無法獲得第一手庭審資料的媒體，就把目光聚集到軟盟的近期活動上，軟盟派人參加黑帽子大會的事，竟然被其中一家媒體從一個國外駭客的部落客上挖了出來，一經刊登，立即被很多媒體予以轉載。

這一刊登不要緊，所有人的目光瞬間被吸引了過去，大家對這件事的關注程度遠遠超過了這起訴訟案，誰都想知道軟盟在黑帽子大會上擺的這個擂臺，到底有沒有人能攻破。

甚至那些曾對軟盟歷史污點恨得牙根癢癢的人，此時也一反常態力挺軟盟，因為軟盟怎麼說代表的也是中國的駭客，軟盟要是輸了，作為中國人，自己也會覺得沒面子。

而如果軟盟贏了，那案子根本就不用審，全世界的駭客都拿不下軟盟，那那些來狀告軟盟的企業就絕對是告刁狀，想以多壓少、仗勢欺人。

一時間，此事鬧得紛紛揚揚，雖然黑帽子大會並沒有讓媒體進行報導和採訪，國內一些媒體還是派出了記者緊急趕赴拉斯維加斯，爭取得到第一手的消息。

黑帽子大會進行到第五天，這是最後一場專題演講了，主講人是近些年駭客界內最有爭議的人物——Sidney，中文譯名西德尼。

據說此人出生於貴族世家，所以生來就是一副目空一切、藐視眾生的架勢，看誰都比自己低一等，因此不管是在駭客界還是安全界，甚至是軟體界，此人都很不受歡迎。

但讓所有人都不得不承認，西德尼在駭客方面的天分之高無人能及！他精通駭客圈的所有知識，硬體、軟體、作業系統核心、通信、加密、儲存、資料庫，他無所不通。

入侵方面，他有著攻無不克的能力；防守方面，他也能做到萬無一失，就連美國總統的首席網路安全顧問，都曾在任職期間親自向西德尼求教。

可以說，誰都想得到西德尼這樣的人物，可西德尼自視為貴族，他那高貴的血統不讓他居人之下，受人支配，所以至今為止，還沒有任何一家機構能夠聘到此人為自己服務，你就是再有錢，也遞不到西德尼的手上。

去年的黑帽子大會，西德尼曾發表主題演講，題目是「虛擬攻擊」。

西德尼稱自己監測到了一種新式的攻擊手法，有駭客利用未知的技術手段，進行一種虛擬化的攻擊，利用這種技術，駭客只要製造出一個合法的虛擬帳號，就可以「合法化地入侵」你的電腦、資料庫、信箱以及即時通訊工具。

西德尼稱這種手段無堅不摧，而且不會留下任何痕跡，是未來所有安全機構需要注意的大問題。

這種虛擬攻擊，其實就是劉嘯入侵電信時曾使用過的手法，劉嘯稱之為

「孫猴子拔毛分身法」。可惜的是，去年西德尼雖然監測到了這種攻擊，但他並不知道這種攻擊是如何實行的，缺少現身的說法來證明，西德尼的演講便遭到一個不起眼的小安全機構的質疑。

西德尼是誰啊，他那高貴的血統豈容自己的話被別人質疑，於是一怒之下拂袖而去，揚言今後再也不會出席黑帽子大會。

不過，他當時留下了三份用來檢測虛擬攻擊的工具，一份被處於全球安全界領導地位的賽門鐵殼所得，一份歸ideface所有，還有一份，據說是被美國政府的網路安全機構得到了。

駭客大會結束後不久，這三家均用西德尼的工具發現了虛擬攻擊的身影，正如西德尼所說，虛擬攻擊無堅不摧，沒有他進不去的地盤，而且不會留下任何痕跡，無從追查。這三家這才慌了神，齊齊到西德尼那裏請教，卻都吃了閉門羹。這三家只好自己去研究，但由於西德尼的檢測工具實在是過於簡陋，時靈時不靈的，三家研究了一年，也沒搞清楚虛擬攻擊到底是怎麼回事。

眼看這屆的黑帽子大會就要開了，三家便又去找了西德尼，也不知道說了多少好話，磕了多少頭，西德尼才勉強答應出席此次黑帽子大會，但他的演講必須安排到壓軸的最後一場，而且他要求大會以後永遠不得邀請去年那個曾質疑過他的安全機構。

因為這段緣由，這次的壓軸演講大爆滿，到場的人甚至比開幕式還要多，而且很多都是不知道是從哪裡冒出來的生面孔。

會場的那面「黑牆」已經停止了更新，大家有了防備，進會場的時候就把手機關機，電腦也不帶來了，那幾個瘋子駭不到人，自然也就無法更新了。

現在大家關注的焦點，都轉移到軟盟的那面「黑牆」上去了，從開幕到現在，下場挑戰的七十八名駭客的名字都被掛在了那上面。

七十八名勇士如同被「梟首示眾」一般，他們的名字高高掛在「旗桿」上，是個威懾，也是個誘餌，與會的駭客們一邊想看誰的名字還會被掛在那上面，一邊又期待著趕緊有人攻破了這軟盟的防火牆。所有人心裏多多少少有些意外，這個首次參會的中國駭客，著實給了大家一個下馬威。

上一場演講已經結束半個小時了，可西德尼還沒有出來，工作人員往前臺上搬來了各種電腦，大的小的，這些電腦安裝有不同的作業系統和資料庫以及應用軟體。大家都期待著，看來西德尼這次是準備搞點大動靜了。

有一個駭客實在等不及，趁著空檔跳下了場子，走到軟盟區域去挑戰，會場的鏡頭便把他的一舉一動回報給大家。

看得出來，這名駭客水準不低，在不到十分鐘內，他變換了超過三十種的攻擊手法，遺憾的是，全都失敗了，那個篩子系統就是不讓他通過。

看看西德尼已經準備上臺了，那位駭客不得不放棄，恨恨地罵了一聲「SHIT」，起身往自己座位走去。與此同時，第七十九位勇士的「頭顱」亦被懸掛在「旗桿上」。

現場沉默了好幾秒，大家一邊嘆息，一邊在期待著第八十位勇士不會也這麼倒楣！

ideface的總裁陪著西德尼一起上臺，他先走到講臺前，道：

「本次大會的最後一場專題演講，是由西德尼先生帶給我們的『虛擬攻擊』。在西德尼先生開始演講之前，我要代表大會說幾句，首先，大會對西德尼先生在上次大會上遭遇的無端質疑表示道歉；其次，大會十分感謝西德尼先生的包容和大度，最後，讓我們對西德尼先生的到來鼓掌吧！」

會場鼓掌聲中，ideface的總裁退場，西德尼走了上來，他依舊是那副目空一切的高傲態度。

「今天，我帶給大家的是去年講了一半的話題，虛擬攻擊。」西德尼環視了一下會場，對大家鴉雀無聲的表現他很滿意。

「現在，我把這個話題講完；而且，還會有新的延伸。在過去的一年裏，我已經完全破解和掌握了這種虛擬攻擊的手法。我還是那句話，虛擬攻擊無堅不摧，目前除了加強監控，並沒有什麼好的防護措施！為了不讓有些人說我只會講空話，接下來，我會用一連串的攻擊來證明我的演講！」

西德尼的話，明顯是賭氣，對於去年的事，他還是心存芥蒂。

西德尼走到其中一台電腦前，道：

「這是打過了所有補丁的微軟最新伺服器作業系統，系統是由微軟的工程師親自安裝並設置的；另外，我們還在這台電腦上安裝了最好的伺服器反間諜反入侵的軟體，是由賽門鐵殼公司提供的。可以說，這台電腦是非常安全的。接下來，我來給大家演示一下虛擬攻擊！」

西德尼走到另外一台電腦前，道：「現在，我要用這台電腦發動攻擊，首先，我要尋找被攻擊的對象，電腦用戶名是『Ａ』。」

很快，大家都在螢幕上看到了結果，西德尼在網路裏找到了那台叫做「Ａ」的電腦。找到之後，運行了一個軟體，輸入對方電腦的ＩＰ，然後在

虛擬對象裏填上「A」。

此時，他突然停下手裏的動作，然後看著會場裏的所有人，道：「現在，只要我按下按鈕，那我就是A了！」

西德尼按下「確定虛擬」的按鈕，那個軟體便瞬間顯示虛擬成功，西德尼所在的電腦，便出現了電腦A上的資源。

通過大螢幕，大家很快就看到，那台電腦A上的反入侵軟體首先被幹掉了，然後是桌面上出現了一個新檔，緊接著，那個電腦上的所有資源都被刪除。之後重新啟動，就是無法開機，電腦A徹底完了！

「我就是電腦A，在電腦A上所能做的事，我全部能做！」西德尼嘴角掛出一絲淡淡的得意。

西德尼又換了一台電腦，「這是另外一種作業系統，這是一種非常少見、基本上都沒人進行研究的一種作業系統，我們來看看虛擬攻擊是否有效！」

三分鐘後，這台電腦B落了個和電腦A一樣的下場。

現在輪到了電腦C，西德尼道：

「這是一台和電腦A一模一樣的電腦，現在我主要是讓大家看清楚，看看虛擬攻擊之後會不會留下痕跡。」

西德尼再次進入電腦C，他在電腦C的桌面上留下了一個檔，然後他用了所有用於安全檢測和入侵分析的手段，在場的人全都看清楚了，沒有發現系統記錄中發現絲毫涉及剛才寫入桌面檔的操作記錄，可那檔明明被寫到桌面上去了，眾人這才「呀」了一聲，這太恐怖了！

「作業系統無一倖免，那我們再看看資料庫吧，看看這些加密存放、而且必須有許可權才能訪問的資料庫，是否能夠倖免於難？」

西德尼走到下一台電腦前，開始他的演示。

十分鐘內，全球應用最廣泛的三種資料庫全部失守，嚴密的資料防護措施在虛擬攻擊前根本不設防，西德尼輕鬆進入，得到了他所需要的所有的資料，並且隨意進行添改和刪除。

會場的人此時已經驚訝地說不出話來了，可西德尼還沒結束。

「剛才只是在局域網內演示，現在我們來找一些公網上的目標試試，看虛擬攻擊是否也有效。」

西德尼在自己的電腦上輸入網址，等頁面打開後，所有的人都驚呼著，因為西德尼拿來試手的第一個目標，是賽門鐵殼的網站。

現場那個賽門鐵殼的代表臉色鐵青，他很不滿意，但又不敢出聲抗議。

就在會場人的驚訝與憤怒之下，西德尼只花費十分鐘不到的時間，在賽門鐵殼的網站上發表了一則公告，公告的標題是：「虛擬攻擊的時代就要來臨！」

接下來，他又進入一家交友網站，幾分鐘後，他調出了這家網站交友用戶的資料。

令所有人跌破眼鏡的是，ideface總裁的名字竟然也出現在交友名錄中，根據網站記錄，這位總裁曾有三次成功約會的記錄。ideface的總裁為此非常尷尬。

西德尼緊接著又登陸了ＩＣＱ，他在自己的工具上做了一番設置，然後虛擬了一個線上用戶的號碼，很快眾人發現，西德尼的ＩＣＱ便收到了他虛擬對象的通訊資訊。大家便有點發懵，假如，僅僅是個假如，假如美國總統也用ＩＣＱ，那……

眾人還沒回過神來，西德尼又拿出了更為重磅的炸彈，這一下，所有人立即感覺自己真的要瘋掉了。

西德尼打開一個部落客的網站，隨便點擊了一個部落客裏的文章，他要對這篇文章進行評價，在回覆框裏，西德尼先是輸入一個代碼，然後又輸入了一些文字，之後對自己的工具進行了一番新的設置，最後把那個回覆提交了上去。

起初大家沒看明白西德尼這是什麼意思，可是等西德尼打開紐約市政府的網站後，全場不少人一下就站了起來，因為市政府網站上的最新公告，竟然就是部落客上回覆的那些文字。西德尼不斷修改著那個回覆，市政府網站的公告就不斷變換著內容。

現場一下炸了鍋，所有的人都瘋了，這怎麼可能啊！操作的目標明明就是部落客網站，結果怎麼會顯示在市政府的網站上呢，部落客網站和市政府的網站甚至都沒有進行連結，這個操作到底是怎麼完成的，眾人簡直不敢相信自己的眼睛。

西德尼終於離開了自己那台電腦，慢慢踱回到講臺前，此時的他，滿臉是掩飾不住的得意和自傲。

「請大家安靜！」西德尼朝全場的人發出命令。

會場好半天之後才慢慢平靜下來，大家都等著西德尼的解釋。

西德尼道：「大家剛才也看到了，虛擬攻擊甚至是可以雙向的，它能虛擬自己要攻擊的目標，也能將自己虛擬成任何一件事物。或許有一天，美國的國防系統被入侵了，負責網路安全的官員追查下去，卻發現攻擊來自一篇部落客的文章，或者是一張圖片，又或者是一段視頻，但絕不是他們想要的一台電腦、一個ＩＰ。」

「哇！」眾人驚呼，他們終於知道了剛才是怎麼回事；但不知道的是，西德尼是如何做到的。

西德尼待眾人再次安靜下來，道：

「不管是區域網還是公網，我選擇的這些目標，安全係數都是很高的，可他們卻在虛擬攻擊面前不堪一擊，這足以說明虛擬攻擊無堅不摧。虛擬攻擊將會成為一種新式的攻擊手段，這應該引起所有人的重視。接下來，我會給大家簡單地講解一下虛擬攻擊的原理，另外，我會發放十份虛擬攻擊軟體，以及十份用來監測虛擬攻擊的工具。」

會場第三次騷動了起來，那些技術瘋子早就等著西德尼講解原理，並希望自己能得到西德尼提供的工具；而那些安全機構的代表卻傻了，他們是堅決不同意西德尼這麼做的。在場的都是技術瘋子，他們只要知道原理，就算不給他們工具，遲早也能琢磨出攻擊的辦法來，到時候，全世界的互聯網還不得亂了套。

可他們又沒辦法去阻止西德尼，雖然說黑帽子大會最近幾屆已經不再提倡無限制地共用，但他畢竟是從交流和發佈病毒程式起家的，西德尼完全有理由按照過去的慣例辦事。再說，西德尼講出原理並不一定是鼓勵大家去攻擊，或許他只是讓大家知道有這麼一種技術，讓大家應該對此加以重視和防範。

西德尼通過會場的音響，再次讓大家安靜。

大家稍微安靜，西德尼就準備開講了。

會場前排的一個人此時突然站了起來，指著旁邊的軟盟角落：

「西德尼先生，你那無堅不摧的虛擬攻擊，不知道能不能拿下這台電腦！」

全場的人都朝向這個人看了過去，這個傢伙絕對是神經反應遲鈍，大家都已經騷動三次了，而這傢伙似乎是剛剛才從第二次騷動中回過神來的，不然怎麼會問出這麼個問題來。

西德尼眉頭一皺，去年就有個不長眼的傢伙鬧得自己一年不舒服，今年怎麼又跳出來一個啊，他是極大地不爽！不過，他還是朝對方指著的方向看了一眼。

看西德尼的表情，似乎他並不知道角落裏那兩台電腦的用途。ideface的總裁走上前臺，附在西德尼耳邊說了幾句，應該是給他說明那兩台電腦的用途。

只見西德尼聽完之後點了點頭，伸手指著下面那人道：「沒有問題，我會證明給你看的！」

大會的工作人員趕緊上臺，將西德尼的電腦和裝有軟盟軟體防火牆的電腦進行了連結。所有的人都盯著工作人員的每個動作，他們期待著西德尼再次出手，不過對於結果，其實大家早都有了定論。

有了西德尼之前的那一系列表演，估計除了那個神經遲鈍的人之外，沒有人會懷疑西德尼那無堅不摧的虛擬攻擊。大家看著那面掛滿了名字的軟盟「黑牆」，心裏都是一個想法：七十九個，到頭了，不會再增加了，下面出場的將會是終結者，他會終結中國駭客此次大會上的神奇表現！

工作人員做好連結後，示意西德尼可以開始了。西德尼慢慢地走到軟盟那台電腦前，他看了一下那台電腦的用戶名：jeffwan，一個很普通的英文名字。

西德尼記下了之後，就到自己電腦上，輸入了軟盟電腦的ＩＰ和用戶名，他幾乎是沒有停頓，直接就按了那個「確定虛擬」的按鈕。在他想來，結果毫無懸念，自己的攻擊萬無一失，沒有失敗的可能。

西德尼抬起頭，準備再次聽取大家的掌聲，收到的卻是所有人的一聲驚呼，西德尼低頭看去，發現電腦螢幕上，自己的工具彈出一個提示：「虛擬失敗！」

「這不可能啊！」西德尼滿臉意外，傻站了好幾秒才回過神來。

他再次輸入ＩＰ和用戶名，這次他還檢視了一遍，確認自己的輸入無誤，然後才按了「確定虛擬」的按鈕，工具再次彈出「虛擬失敗」的字樣。

這次會場的人沒有驚呼，也沒有掌聲，有的只是安靜，前所未有的安靜，安靜到無法猜出這些人在想什麼。

第十章　媒體炒作

事情發展到現在，幾乎所有人都傾向於讓軟盟勝訴，這樣的宣判結果是理所應當的。大家為這個結果鼓掌，也為法院的公正判決鼓掌，這些媒體人最清楚這案子之所以能轟動全國，全是因為媒體的炒作！

西德尼看起來有點慌，他再次跑過去，確認自己沒有看錯用戶名，也沒有弄錯ＩＰ位址，然後回到自己的電腦上按下了「確定虛擬」的按鈕，還是「虛擬失敗」。

西德尼不甘心，連續按了十來次，螢幕上就佈滿了「虛擬失敗」的提示。

西德尼慢慢抬起頭，臉上的自傲沒有了，他呆呆地站在電腦前，臉上露出一絲迷惑，這到底是怎麼回事啊！

「不可能！」西德尼終於動了，叫道：「虛擬攻擊絕對不可能失敗！」

ideface的總裁不得不再次走到台前，對著西德尼說道：

「西德尼先生，你先不要著急，我讓工作人員再檢查一下！」

他一招手，幾個工作人員再次上臺，把兩台電腦重新做了連結，然後測試了一下，最後來到兩人跟前，「我們檢查過了，連結沒有任何問題！」

「西德尼先生，你看這……」ideface總裁有點為難，他心裏很不屑，心說：你自己水準不行，拿不下這台電腦，在會場發火給誰看呢！不過他可不敢這麼說，還得小心伺候著西德尼。

「我懷疑這台電腦被人動了手腳，它拒絕了所有的通訊資料！」事到如今，西德尼也只能想出這個解釋了。

會場裏不少人恍然大悟，有道理，確實是有這個可能，為什麼自己就沒想到這點呢？

如果說前面那七十九個駭客栽進去是因為技不如人，但西德尼的虛擬攻擊意外失手，就有些解釋不通了，你能說是西德尼也技不如人嗎？你能說中國駭客的水準已經超過了賽門鐵殼，或者是紐約市政府的那些安全專家嗎？

「不可能，絕不可能，沒有一點道理！」所有人心裏都冒出了一個結論，一定是「狡猾的中國駭客」暗地裏做了手腳。

於是會場裏的人便要求檢查那台軟盟的電腦，所有人都在叫嚷，他們大聲質疑著主辦單位，質疑著中國駭客的誠信，會場頓時全亂了套，比菜市場還要熱鬧。

ideface的總裁現在徹底難堪了，答應也不是，不答應也不是。如果不答應，現場的這些人肯定會認為是ideface在包庇中國駭客造假，弄不好ideface也得威信掃地，成為業內的臭狗屎；但如果答應下來，那就是表示ideface也在質疑中國駭客，當眾檢查電腦，是對中國駭客的一種赤裸裸的羞辱，檢查出問題倒還罷了，如果沒有任何問題，到時候怎麼收場，也是一樁難事。

ideface的總裁走到講臺前，「請大家安靜一下，聽我說幾句！」眾人這才停止了鬧騰，看著前臺，等著ideface總裁的決定。

ideface的總裁看著四周，眉頭緊鎖，「我非常理解西德尼先生以及在座各位的心情，但我卻不得不呼籲大家冷靜，我們可以去質疑，但我們卻沒有權力去檢查中方駭客提供的電腦，我們中的任何人都沒有這個權力！當眾檢查電腦，是對他們的不信任，更是一種羞辱！就算是中國駭客真的做了手腳，我們也要做到最起碼的尊重。」

台下頓時噓聲四起，誰也不滿意這個說法，你光說檢查電腦是羞辱中國駭客，那如果是中國駭客做了手腳，就是對全球駭客的侮辱和戲弄，你怎麼不說這個呢！

ideface的總裁還在做著最後的努力：

「駭客圈最基本的法則，就是『沒有絕對的安全，也沒有絕對的不安全』，不管是入侵還是防守，失敗都是最平常不過的事了。一次入侵的失敗，並不能說明這種入侵技術就不行了，當然，這也不能說明是防守方做了手腳！」

這下子，不光是台下的人不滿意，就連西德尼也不爽了，他盯著那

ideface的總裁，你說這話的意思，是不是說我應該先從自己的入侵技術上找原因？真是豈有此理，虛擬攻擊的技術我說是無堅不摧，那就是無堅不摧。

台下的人齊聲喊著「檢查！檢查！」，有些大概是西德尼的粉絲，已經很激動了，拿起手頭的東西就往ideface總裁臉上砸去。

現場完全不受控制，ideface的總裁也沒辦法了，形式逼得他不得不趕緊做個決定，不管合不合法，他必須在現場駭客和中國駭客之間選擇一個。

「大家靜一靜，我們現在就請中國駭客的代表上臺，讓他們對此做出解釋！」

ideface的總裁只是稍微一怔，就把軟盟推到槍口上，現在他只好棄卒保車了，得罪中國駭客總比得罪全部的駭客強。

全場的人依舊高喊「檢查！檢查！」ideface總裁趕緊吩咐工作人員去請軟盟派來的那個代表。

說來奇怪，軟盟的代表參與了開幕以來的大部分專題演講，輪到最重量級的西德尼演講，軟盟的代表反倒沒有來聽。

幾分鐘後，軟盟的代表終於來了，軟盟這次派了商越來拉斯維加斯，按照劉嘯的說法，商越技術不錯，應該出去長長見識；而且，商越的外語水準是全軟盟最好的，去參加會議不用帶翻譯。當時軟盟其他人的注意力都在官司上，想也沒想就同意了。

商越生性就比較靦腆含蓄，一聽說大會要找自己，也不知道是什麼事，就匆匆趕了過來。

她見人多本來就膽怯，現在可好，一進場，被全場那咄咄逼人的氣勢一壓，愈發膽怯，怯生生走到前臺，什麼話也不敢說。

商越如此「心虛」的行為看在眾人眼裏，愈發肯定了自己的結論。

此時此刻，他們是不會「憐香惜玉」的，商越的膽怯，反而激起了他們的凶性和一種恃強凌弱的快感。

「檢查！檢查！」現場的呼聲猶如海嘯一般洶湧澎湃！

商越此時還不知道是怎麼回事，將求助的眼光望向了ideface的總裁。總裁一皺眉，上前附耳，把事情的經過說了一遍，然後無奈地朝商越聳肩，「對不起，我這也是沒有辦法，大家都在質疑！」

商越聽完，深吸一口氣，柔弱的目光堅定了起來，她慢慢走到前臺，會場裏就安靜了下來，大家都想看中國的駭客怎麼解釋這件事情。

「在我們中國有句話，叫做『腳不行，不要怨道不平！』，請不要用自己的無能來懷疑別人的人品和道德！」

商越這話算是很重了，她心裏非常地生氣，憑什麼呀，這世上攻不下的堡壘到處都是，憑什麼你們就來質疑軟盟的道德品性，如果今天的攻守雙方互換，是軟盟攻不下西德尼的電腦，那是不是所有人也會懷疑西德尼暗地裏做了手腳呢？

商越感覺受到了一種極大的侮辱，憑什麼，難道就因為防守方是中國駭客嗎？憤怒讓這個生性懦弱的女子頃刻間忘記了什麼是膽怯！

全場再次爆了，這次不再是整齊劃一的「檢查！檢查！」了，而是憤怒地謾罵，誰也無法忍受被人罵作無能。

ideface總裁也急了，再不阻止，眼看就要暴亂了，他趕緊走過去，「請大家安靜，安靜！讓中國的代表把話說完！」

會場依舊是謾罵不止。商越朝西德尼慢慢走過去，每一步都很緩慢，這下大家才看清楚，商越走路是一高一低。

會場頓時冷了下去，患有腳疾的人是最怕提到腳的，這是他們心裏的忌諱，而這個女子剛才卻自己說了句「腳不行，不要怨道不平！」，可見這需要多大的勇氣，眾人一時間忘了謾罵。

商越看著西德尼，「西德尼先生，上帝沒有給我一雙健全的腿腳，那你說我該去埋怨誰，是埋怨上帝的不公平，還是埋怨這世界的路全都是平的，以至於讓我走起來如此高低不平?!」

商越連眼角都透著鄙夷，「你今天的行為，沒有讓我看到你作為貴族該有的風度，也沒看到高手該有的風範，我看到的，只是一個小丑，一個無能的矮子！你就像一個小孩子，摔倒了就趴在地上哭娘，甚至連自己爬起來的勇氣都沒有！你讓我很失望！」

商越回頭看著會場的所有人，「你們所有人都讓我很失望，特別是那面牆上的七十九個人，你們全都是懦夫，你們甚至不敢正視自己的失敗！同時，你們也很卑鄙，你們不願意承認自己的無能，就把自己失敗的責任讓別人來承擔，無恥！」

全場的人讓商越這幾句話給罵得啞口無言，甚至沒人敢抬頭去看大螢幕，生怕和商越的眼神對上。

西德尼自生下來就沒被人這麼說過，今天被商越這一訓，他一時有些回不過神。

等回過神來，他也怒了，這簡直是奇恥大辱，貴族的臉面全被自己丟盡了，他說了一句很沒風度的話：「你的腳沒做手腳，並不能證明你們的電腦也沒被做手腳，我需要的是證明！」

全場的人也跟著回過神來，雖然西德尼這句話說得很無賴，但也沒有錯，腳跟電腦有什麼關係呢，自己這一大幫人都讓對方給唬住了。於是會場再次響起「檢查！檢查！」的喊聲，只是完全沒有之前的那種氣勢了。

「你們這些人，根本沒有資格要求檢查我們的電腦！」商越大聲地回應著，「我不會讓你們去檢查我們的電腦，你們不配！」

這下會場全亂了，事情演變成了一個人和八千人的對峙，甚至是對罵。

ideface的總裁沒法收場，想了片刻，他走到商越的跟前，附耳商議著，大概是說了一些自己的難處，或許是說這麼吵下去沒有意義，因為吵也無法證明軟盟沒有做手腳！

商越慢慢冷靜了下來，「你們不就是懷疑這台電腦被我們做了手腳嗎？」商越冷笑了一聲，道：「好，我就讓你們如願以償！」

ideface總裁大喜，趕緊招手示意工作人員上臺去檢查！

誰知商越怒目一瞪，喝止了那幾個工作人員，「你們沒有權利去檢查我

們的電腦，軟盟的清白，會由我們自己來證明的！」

事情再次僵住了，現在所有人都懷疑軟盟是賊，就算不由官府來搜賊的身，至少也不能是賊去搜自己的身吧，ideface的總裁都覺得無奈了！

商越再次看了一次全場，然後把目光落在西德尼的身上，「在證明之前，我要記住你們每個人的嘴臉，我希望在我證明之後，你們都還有臉喊去那句『檢查！』，也希望西德尼閣下敢把那句『虛擬攻擊是無堅不摧的！』再說一遍！」

商越說到這裏，突然笑了起來，笑得全場人都發懵。

就在眾人發懵的時候，商越突然指著其中一名工作人員，「你！去我們的電腦上打開共用，把所有的硬碟全部共用，記住，要有可寫許可權！」

工作人員被商越那麼一瞪，慌忙點頭應著，然後跑到軟盟的電腦前，把所有的硬碟全部共用了。

商越又指著西德尼，「你不是懷疑我們的電腦把所有的通訊資料都拒絕了嗎？那現在你就自己去試一試，看看到底是不是這樣！」

西德尼一怔，商越那堅定的表情其實已經讓他有些慌了，心裏的想法也不再那麼堅定，可此時已經勢成騎虎，由不得他退縮了，當即走到自己的電腦前，在網路裏尋找著電腦jeffwan上的共用資源。

很快，西德尼的電腦上列出了jeffwan上的共用資源列表，他看見軟盟那台電腦上所有的硬碟都顯示了出來。西德尼飛快點擊查看著那些資源，所有的資源都是可以訪問，自己這次沒有再被拒絕。

西德尼此時怕是已經意識到自己輸了，不過他還是不甘心，他準備往軟盟的電腦裏寫一個檔試試，西德尼選中自己電腦上的一個檔，然後往軟盟的電腦複製，很快，系統彈出提示：「複製完成！」

全場在這個提示彈出來的時候都懵了，看來，所有人都懷疑錯了，軟盟的電腦沒有一點問題！

商越看著愣在電腦前的西德尼，「西德尼先生，請用你那無堅不摧的虛擬攻擊再試一次！」商越說話的口氣，簡直就是在發號命令！

西德尼被商越這麼一說，絕望的心裏突然冒出了一絲希望，既然對方的電腦可以進行資料交換，那說不定自己這次就能成功啊，之前的失敗或許只是意外。

西德尼再次運行自己的虛擬攻擊工具，輸入對方的ＩＰ和用戶名，反覆確認了十來秒，西德尼才吸了口氣，按下了「確認虛擬」的按鈕。

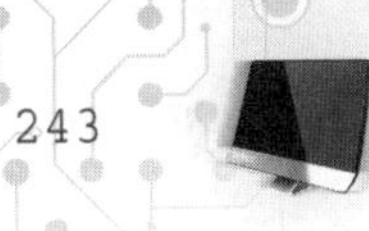
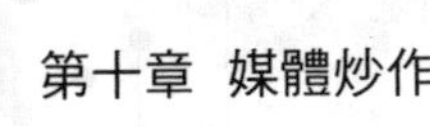

這一刻，他反而覺得自己是在期盼，期盼著奇蹟的誕生，之前的自信蕩然無存！

「噹」的一聲，西德尼的工具沒有給他面子，螢幕上還是那個「虛擬失敗！」的提示框！全場寂靜，靜得就像在月球！

「不要以為全世界只有你一個人懂得虛擬攻擊，也不要認為你自己無法阻止虛擬攻擊，全世界也就不可能辦到！你連一個共用全開、漏洞百出的篩子系統你都對付不了，你有什麼資格說自己的攻擊無堅不摧！」

商越朝著西德尼冷哼一聲，轉身指著ideface的總裁，「把西德尼的名字給我掛到那面牆上去！」

全場先是愕然，然後就是低低的嘆氣，這次，誰都沒有反對！

ideface總裁看了西德尼一眼，然後一嘆息，皺眉走到電腦前，親自將西德尼的名字掛到了軟盟的那面「黑牆」上。

他走到商越的跟前，低聲說：「非常對不起，讓你們……」

商越一抬手，道：「我不接受你們的道歉！」

「在我來拉斯維加斯之前，我的上司特別叮囑我，他要我到這裏，一定要謙虛，要多向在座的高手學習，我們軟盟沒有主題演講，我們是抱著學習的態度來的！」

商越的目光從會場的左邊慢慢往右掃視，「中國的駭客之前也從未參與黑帽子大會，但我們都認為這是全球最頂尖的安全高峰會，能夠被邀參加黑帽子大會，本身就是世界對於我們實力的一種肯定，我們非常榮幸，如果還能夠親自到場，那則是無尚的光榮了！在來之前，我也是這麼認為的，但今天你們告訴我，我錯了！」商越深深地吸了一口氣，「我清楚記得你們之前每個人的嘴臉，我永遠都不會接受你們的道歉！而且，我們軟盟今後將永遠都不會參加黑帽子大會，和你們同坐在一個會場裏；對我們來說，不再是榮幸，而是恥辱！」

商越說完，朝著會場的出口邁出了她的步伐！整個會場裏只有她「噠！噠！噠！……」的腳步聲，直到「喀」一聲，會場的大門關閉，這個聲音才消失，但全場依舊鴉雀無聲。

在這屆的黑帽子大會上，所有的人都記住了這個柔弱而堅強的背影，還有她那雙雖然殘疾卻能走出鏗鏘有力步伐的腳！

可誰也沒有看到，在大門合上的一剎那，商越卻一下癱倒在了會場的門口，然後就是失聲痛哭。

這個弱女子，今天幾乎是把自己所有的力氣和勇氣都用盡了。

倒在會場的門口時，商越的腦海裏卻出現了劉嘯的身影，她此時突然深刻地明白，明白劉嘯為什麼非要那麼固執地把策略和規則分開，而且說自己的是策略，世界的才是規則；她也明白了劉嘯為什麼不管做什麼，嘴上都時刻不離「中國駭客」四個字，甚至還為軟盟定下了「重塑中國駭客精神」的企業責任。

以前商越和大飛一樣，也曾認為劉嘯這是在故作高調，是在顯擺自己的個性，現在，商越才知道，劉嘯這個面向車輪卻勇敢亮出的自己手臂的螳螂，才是真正的勇士，外人都以為那螳螂傻，而螳螂卻知道，自己是在給車輪調整轍線，想要我讓路，沒門！

永遠跟在別人屁股後面拾人牙慧，就永遠不會被別人尊重！

會場足足沉寂了五分鐘，ideface的總裁首先回過神來，他走到西德尼的身邊，「西德尼先生，這演講……」，他是想問這演講還要不要繼續下去，會場有八千人都在等著呢。

西德尼依然看著會場的出口，他輕輕地搖了搖頭，「最有資格站在這裏講述虛擬攻擊的，是軟盟！我不該站在這裏！」

西德尼說完，嘆息一聲，走過去開始收拾自己的電腦，看樣子，他準備走了。

這下會場的人都反應過來了，大家都期待著西德尼講解虛擬攻擊的原理呢，他怎麼可以說走就走呢，就是那些不希望西德尼講出原理的人也有些著急，因為他們也可能得不到西德尼提供的虛擬攻擊檢測工具了，這對他們很重要，尤其是看了西德尼的表演之後，他們的冷汗就一直沒停過。

「西德尼先生！」ideface總裁攔住西德尼，「這裏有八千人都在期待著你的演講呢！」

「抱歉，我已經被人恥笑了一次，我不想再被恥笑一次！」西德尼瞪了一眼ideface總裁，把自己的電腦裝好一提，「剛才那位小姐說得不錯，我今天的言行，不配做一個貴族，甚至是不配做一位駭客。如果有機會，我會去中國，我要為自己今天的行為向軟盟的人道歉，就算他們不肯接受，我也要這麼做！」

西德尼到底是個貴族，冷靜下來，良好的修養就又回來了，他說完就提包走人，把ideface總裁給晾到了臺上。

idefface總裁不知道該怎麼收場，想了片刻，對現場的八千人宣布道：「諸位，本次大會的專題培訓就全部結束了，感謝西德尼先生給我們帶來如此精彩的表演。接下來的兩天，是一些公開的會議和總結，有興趣的可以參加，謝謝！」說完，ideface總裁也離場而去。

號稱有史以來規模最大的一屆黑帽子大會，最精彩的部分就以這種方式結束了，接下來的公開會議是對媒體開放的，都是不痛不癢的話題，這對現場的這些駭客來說，沒有任何興趣。

守候在拉斯維加斯的那些中國媒體記者，通過各種途徑得知了黑帽子大會上發生的一切，他們用最快的方式把這個消息傳回了國內，一時間，中國駭客技壓群雄的標題登上了網路媒體的頭版。

第二天，就是法院宣判的日子了，如此受關注的案子，也讓海城法院傷透了腦筋，雖說網監提交的報告對軟盟非常有利，但他們卻不敢輕易宣判。起訴方這五百多家企業，總市值加起來就超過了萬億，這是一股絕對不容小覷的影響力，自從受理這起案子後，各方面的壓力就開始朝法院湧了過來，一旦宣判的結果稍有差池，不管哪方面不滿意，造成的後果和影響都是不堪設想的。

軟盟參加黑帽子大會的事也引起了法院的關注，於是法院就決定拖到黑帽子大會有了結果之後再宣判，這樣法院就可以根據那邊的結果，在不影響法律公正的基礎上，對宣判的結果和措詞稍加調整，可謂是煞費苦心。

現在有了結果，法院也就有了定心骨，最後的宣判，法院決定向所有媒體公開。

海城法院從來沒像今天這麼熱鬧，法院最大的那間法庭，號稱國內最大，竟然也裝不下前來採訪的媒體記者，一些來晚了的媒體們，從法庭門口一直排到了法院外面的大街上。

不過，要是訴訟案的雙方一露面，那些排在外面的媒體反而是最沾光的，他們可以第一時間把雙方圍起來。

「現在軟盟已經通過黑帽子大會證明了自己的技術絕對沒有問題，是世界一流的，請問貴方對此有何看法？」媒體把首先到場的起訴方圍了起來。

「無可奉告！」史上最牛起訴方的代表們各個面色嚴謹。

「請預測一下法庭的宣布結果，貴方是否還認為一定會勝訴呢？」媒體們不甘心就這麼放過他們。

「無可奉告！」最牛代表們這次學會了軟盟的話，不管什麼問題，都是一句「無可奉告！」

媒體們得不到什麼有價值的消息，但又不願意就這麼放過，就那麼死死圍著那些最牛代表們。

「軟盟的代表來了！」

不知道誰喊了一句，媒體們也不管是真是假，扔下了那些最牛代表們就往最外面跑去。

軟盟來的還是那幾個人，劉嘯、業務部負責人以及律師，幾人一下車，就被記者包圍了。

「請對今天的判決結果做一下預測吧！」媒體們首先問了一個同樣的問題。

「這個得看法院的態度了，我們相信法院會做出一個最公正的判決！」業務部負責人道。

「昨天的黑帽子大會上，軟盟代表全力維護中國駭客尊嚴，力挫所有人的質疑，向世界證明了中國駭客的實力，請問你們對此如何看？」

業務部負責人反倒是一臉迷茫，「有這事嗎？對不起，我們的代表至今還沒有跟公司聯繫，事情到底是個什麼樣子，得等她回國之後才能知道。」

「我們聽說軟盟代表是一位女性，能否提供她的一些資料？」

「對不起，這個我們不能做主，如果她回來後同意接受訪問，那我們會主動聯繫你們的！」業務部負責人回答。

「因為受到了在場所有駭客的質疑，軟盟的代表當場宣布今後將永不會參加黑帽子大會，請問軟盟總部的態度是什麼，這屆黑帽子大會會不會成為中國駭客參與的唯一一屆？」一個老外記者也跑來湊熱鬧。

「我說過了，目前我們總部並不清楚具體的情況，一切都得等我們的代表回來後才能給大家一個答覆！」業務部負責人答道。

劉嘯突然拍開業務部負責人，走到媒體面前，道：「如果她真的這樣說了，那軟盟今後就將永不參與黑帽子大會！」

「這是軟盟最後的態度嗎？」媒體們追問。

「是！」劉嘯點頭，「我們完全信任自己的代表，她的一切言行，都代表我們軟盟的態度，這點毋庸置疑！」

劉嘯此時心裏很後悔，後悔當初不該派商越去參加那個黑帽子大會，他的本意是讓商越練練膽，誰想會攤上這事！

全公司的人都知道商越是個多害羞的人，能夠逼她說出那樣的話，是需要非常大的勇氣的，可見她當時是受了多大的屈辱，心中是多麼憤怒！就衝這點，劉嘯就覺得自己必須要力挺商越！

媒體們越圍越多，他們今天的話題重點不在即將開庭的官司上，反而是在商越身上，在昨天的黑帽子大會上。

眼看開庭的時間就要到了，軟盟的代表們還被圍在法院外面的大街上，法院不得不出動所有的法警，費了九牛二虎之力，才算是開闢出一條道路，護著軟盟這幾個人進了法庭。

法庭上，訴訟雙方做了最後的陳述，法庭合議二十分鐘後，就宣判了結果：「起訴方狀告因軟盟產品的安全因素造成駭客入侵，致使己方遭受嚴重經濟損失，經網監查證，除冠富、金葉、聚力三家外，其餘五百餘家起訴原因均不成立；起訴方狀告因軟盟其他原因致使己方遭受駭客攻擊，經調查，起訴方的被入侵事實與所提供的證據並不構成因果聯繫，證據不足，起訴原因不成立；經查，冠富、金葉、聚力三家企業，其被入侵之原因，確與軟盟的產品構成一定的因果關係，但不是主要原因，軟盟應負間接責任，相關賠償事宜，由訴訟雙方根據當初設備購買合同具體協商進行；其餘五百餘家企業，狀告理由均不成立，特駁回其訴訟請求；被訴方軟盟科技在客戶遭到大面積攻擊之後，第一時間向公安機關報案，法院會督促公安機關儘快破案，起訴方可以根據日後的案情結果，以決定是否向本院提出新的訴訟。」

當法官宣布完判決書，現場的媒體就一致起立鼓掌，事情發展到現在，幾乎是所有人都傾向於讓軟盟勝訴，但這絕不是同情弱者，因為軟盟用事實證明了自己的技術和實力絕對沒有問題，這樣的宣判結果是理所應當的。

大家為這個結果鼓掌，也為法院的公正判決鼓掌，這些媒體人最清楚法院的壓力，這案子之所以能轟動全國，全是因為媒體的炒作！

「訴訟雙方，你們還有什麼要說的嗎？」法官看著下面的訴訟雙方。

「我們保留上訴的權利！」最牛代表們很不甘心，但也不得不有所表示。

軟盟那邊，劉嘯站了起來，「首先，我們感謝法院的公正判決，謝謝你們還軟盟清白。其次，我想借今天所有到場媒體的鏡頭和筆，向關心這起案子的所有人說一句話，這場官司，軟盟雖然是贏了，但其實卻是輸了！」

現場的這些媒體一下全愣住了，這句話怎麼這麼繞呢，大家都不明白劉嘯這話的意思。

「軟盟贏的是官司，輸的卻是安全！軟盟是一家從事網路安全的企業，安全是我們的立身之本，在我們的客戶身上發生了如此大規模的駭客襲擊事件，作為安全人，我們是有責任的。我們輸掉了自己的立身之本，即便是贏了官司，我們也不會覺得光彩；相反，我們覺得非常慚愧和內疚，是我們安全人沒有做好自己的工作，我們沒有做出的最好的安全產品和安全方案，才會給客戶造成這麼大的損失。這是一場沒有贏家的官司，我們誰也不願意發生這樣的事情。但如果我們的起訴方能從這次的官司裏吸取教訓，認真做好日後的安全點滴，那我想他們雖然輸掉了官司，卻可以算是個贏家，他們贏的是安全。」

劉嘯頓了頓，看著那邊的那些最牛代表，道：

「安全是個一個巴掌拍不響的東西，它的實現，依賴於安全人不懈的努力和所有人的重視。一旦發生事故，受損失的不僅僅是我們的安全企業，最直接的受害者還是那些客戶。所以，我誠摯地請求你們能和我們一道攜手，大家共同努力，防止同樣的事故再次重演！我還是那句話，只要你們同意，我們軟盟就會派出自己最好的資料恢復專家，幫助你們恢復資料，盡我們最大的努力來挽回客戶的損失。這次事故中所有的受損企業，已經被納入我們軟盟的免費服務對象，我們會給你們提供終生的免費資料恢復服務！」

「最後，我再次感謝法院，感謝起訴方，感謝所有關注這起案子的人和媒體！」劉嘯朝著法庭、最牛代表以及媒體各自一鞠躬，停止了發言。

「現在閉庭！」法官一聲令下，所有的媒體再次衝向軟盟的代表們。

好不容易擺脫媒體逃上車子，劉嘯稍稍喘口氣，就趕緊打開自己的手機，估計此時會有很多人在聯繫自己吧。

剛開機，張小花的電話就來了，「哈，你小子剛才在法庭話說得很漂亮嘛！」

劉嘯被媒體圍得出了一身汗，現在總算鬆了口氣，「沒辦法，誰讓我整天和你這伶牙俐齒的人鬥嘴，不漂亮都不行啊！」

「我早就知道你肯定能贏！」張小花那邊咯咯笑著，「以一勝五百，想想都覺得爽，哈哈，怎麼就沒五百個人來告我呢，不然我也能過過癮！」

「行了，打住！」劉嘯當即無奈，「這滋味可不好受，你老爹因為這事，已經一個月沒搭理我了！」

「你這一說，我倒想起來，我得去向我老爸報告這個消息去了，好了，不和你聊了，晚點再找你！」

張小花說完掛了電話，找張春生報喜去了。

很快，黃星、衛剛、牛蓬恩的電話打了過來，都是來道喜的，雖說大家都是真心希望軟盟能贏，但說實話，剛開始誰也沒有想到軟盟能夠贏得如此徹底！

請續看《首席駭客》七 風雲際會

首席駭客 六 何方神聖

作者：銀河九天
發行人：陳曉林
出版所：風雲時代出版股份有限公司
地址：105台北市民生東路五段178號7樓之3
風雲書網：http://www.eastbooks.com.tw
官方部落格：http://eastbooks.pixnet.net/blog
Facebook：http://www.facebook.com/h7560949
信箱：h7560949@ms15.hinet.net
郵撥帳號：12043291
服務專線：(02)27560949
傳真專線：(02)27653799
執行主編：朱墨菲
美術編輯：吳宗潔

法律顧問：永然法律事務所 李永然律師
北辰著作權事務所 蕭雄淋律師

版權授權：蔡雷平
初版日期：2015年9月
初版二刷：2015年9月20日
ISBN：978-986-352-184-6

總經銷：成信文化事業股份有限公司
地　址：新北市新店區中正路四維巷二弄2號4樓
電　話：(02)2219-2080

行政院新聞局局版台業字第3595號 營利事業統一編號22759935

定價：280元　特惠價：199元

國家圖書館出版品預行編目資料

首席駭客／銀河九天 著. -- 初版. -- 臺北市：
風雲時代，2015.04- 冊；公分

ISBN 978-986-352-184-6（第6冊；平裝）

857.7　　104005339